삶, 다시 시작하다

# 삶, 다시 시작하다

**초판인쇄**　2023년 9월 4일
**초판발행**　2023년 9월 8일

**지은이**　정진숙
**발행인**　조현수
**펴낸곳**　도서출판 더로드
**기획**　조용재
**마케팅**　최문섭
**편집**　이승득
**디자인**　토 닥

**주소**　경기도 파주시 초롱꽃로17 3단지 303동 205호
**전화**　031-942-5366
**팩스**　031-942-5368
**이메일**　provence70@naver.com
**등록번호**　제2015-000135호
**등록**　2015년 6월 18일

**ISBN**　979-11-6338-405-2  03810

**정가** 16,800원

힘들지만 ——— 살아 ——— 내고 ——— 있습니다

# 삶,
# 다시 시작하다

### 정진숙 지음

도서
출판 **더로드**
The Road Books

# 들어가는 글

25년 전 희귀 난치병인 루푸스를 진단받았다. 그럼에도 불구하고 난 지금도 아침이면 서둘러 충주열린학교로 출근한다. 시끌벅적한 교실을 지나 교무실로 들어간다. 먼저 출근한 선생님들과 인사를 나누며 내 자리에 앉는다. 나는 19년 경력 충주열린학교 교장이다.

나는 1999년 7월 스물세 살의 나이에 만성 염증성 질환인 류머티즘성 관절염 진단을 받았다. 약을 먹어도 통증은 계속됐다. 정밀 검사 결과 희귀 난치병인 전신 홍반 루푸스로 판명됐다. 루푸스는 주로 가임기 여성을 포함한 젊은 나이에 발병하는 만성 자가 면역 질환이다.

루푸스 진단받고 3년 동안 암흑 같은 시간을 보냈다. '하필이면 나한테 이런 병이 생겼을까?' 부모님을 원망했다. 아무것도 할 수 없어 누워있는 나 자신도 원망스러웠다. 그렇다고 멍하니 세월만 보낼 수 없었다. 원망한다고 달라지는 건 없었다.

작은 것부터 하나하나 도전하기 시작했다. 아침에 일어나는 것부터 도전이었다. 루푸스병으로 인한 불면증은 나의 아침을 세상에서 가장 괴롭게 만들었기 때문이다.

잠자리에서 최대한 먼 곳에 시계 3개를 놓았다. 알람 소리가 나면 끄고 다시 잠들지 않기 위해서다. 마음을 먹고 행동으로 옮기려해도 몸이 말을 듣지 않았다. 이것조차 못하면 나는 아무것도 할 수 없을 거란 독한 마음에 기어가서라도 알람을 끄고 일어났다. 일어나는 것을 습관을 들이며 동네 산책을 20분씩 하기 시작했다. 아침에 옷을 입고 나서면 엄마는 거실에 앉아,

"진숙아 괜찮겠어? 엄마가 같이 가줄까?"

"엄마 괜찮아. 가다가 힘들면 얼른 집으로 올게요."

운동 시간을 점점 늘려가니 체력이 조금 생기는 것 같았다. 무언가 할 수 있지 않을까 하는 생각이 들었다.

마침 교차로 신문에 '자원교사 모집' 광고를 보았다. 전화로 문의하고 야학을 찾아갔다. 2003년 야학교 중학과정 검정고시 수학 수업 봉사를 하기로 했다. 수업을 하기 위해서는 공부를 해야 했다. 검정고시용 교재를 받고, 참고용 교재를 샀다. 매일 시립 도서관으로 갔다.

한참 놓았던 공부, 더군다나 루푸스로 자가 면역 질환을 앓고 있는 내가 딱딱한 도서관 의자에 앉아 오래 공부하는 것이 힘들

었지만 약속은 약속이었다. 어떻게 하면 쉽게 전달할 수 있을까 공부하면서 연구하게 되었다. 수학 수업 봉사는 나에게 활력을 넣어주었다.

누군가에게 도움을 주고, 가르치는 일은 나에게 사명감을 안겨 주었을 뿐만 아니라 한 줄기 빛을 만난 것 같이 조금씩 세상을 밝게 보이게 시작했다.

"그래, 내가 할 일은 이거야."

건강 상태 조절을 하며 수학수업과 사무국장으로 봉사에 전념했다.


제때 배우지 못한 학습자들의 설움과 한을 나는 매일 들었다.

더군다나 문해 학습에 대한 일반 사람들의 이미지는 그렇게 너그러운 편이 아니었다. 그래서 문해 학습자들에게 눈길이 가고 도와주고 싶은 마음이 더 컸는지 모르겠다.


"선생님 한글 공부하고 싶어요. 휠체어를 타고 갈 수 있는 학교가 없어요."

그 말 한마디에 장애인과 성인 학습자를 위한 충주열린학교를 2005년 개교하여, 20여 년을 앞만 보고 달려왔다.

장애가 있어도 불편하지 않게 공부할 수 있는 학교, 나이가 많아도 눈치 보지 않고 열심히 공부하여 검정고시와 학력 인정으로 졸업장을 취득할 수 있는 학교. 생애 전반에 필요한 영어, 음악, 미술, 체조, 컴퓨터, 자격증 등의 수업을 제공할 수 있는 학교를 만드는 것이 루푸스 환자지만 꼭 이루어야 할 내 꿈이었다.

하나둘 이루어 갈 즈음 코로나 19가 터졌다. 모든 학습자와 자원봉사 교사들이 코로나바이러스를 무서워했다. 다시 주저앉을 수 없었다.

위기는 가장 좋은 도전의 시기다.

문해 교육 20여 년을 달려오며 난 항상 누군가를 도와주는 처지였다. 이번에는 내가 배울 차례였다.

내 역량을 키워 우리 충주열린학교 학습자들에게 더 질 높은 교육을 하고 싶어 도전했다. 평생 교육사 1급, 한국어 교원 2급을 취득했다. 글쓰기, 새벽 독서, 운동을 꾸준히 했다.

돌아보면 나는 불치병이라고 하는 자가 면역 루푸스 환자임에도 불구하고, 내 삶에서 한 번도 멈춤으로 포기한 적 없다.

한 발자국씩 앞으로 나갔으며, 어제보다 한 가지씩 더 공부하고 지식을 넓혀갔다. 지금은 많은 곳에서 벤치마킹 오는 충주열린학교가 되었다.

루푸스를 진단받고 내 앞에 놓여있는 장애물들은 하나같이 어렵고 힘들었다. 남들은 쉬운 것도 나에게는 힘들게 느껴졌다.

그런데도, 난 충주열린학교를 충북 최초로 학력 인정 문해 학교로 지정받아 성장시켰으며, 학교형태의 장애인 평생교육시설인 평생열린학교의 초석을 만들었다.

　특히 결혼하여 행복이를 낳아 기르며 부모로서 기쁨을 만끽하고 있다. 내가 아프고 힘들어서 상황에 굴복해서 멈추었다면 난 지금의 내가 아닌 환자로만 살고 있을 것이다.

　이 책을 출간하면서 내 삶을 돌아보며 지금까지 견디고 살아온 나에게 박수를 보내며, 앞으로도 잘 살아갈 수 있는 자양분이 되었으면 하는 마음이다.

　마지막으로 지금 어떤 힘든 일이 있거나, 몸이 아파서 꿈을 포기하고 싶은 분들이 있다면 지금 딱 한 번만 더 도전해 보길 권하고 싶다. 내가 그랬던 것처럼.

2023년 봄에
정진숙

# Contents

**1장**

루푸스와 만나다

# 좋은 사람 되기 노력 중

다른 사람을 원망하기보다
내가 좋은 사람이 되기로 했다

초등학교 2학년, 시골에서 자란 나는 두 살 많은 작은 오빠 뒤를 졸졸 따라다녔다. 겨울에는 얼음 배를 탄다며 온 개울가를 휘젓고 다녔다. 유난히 추운 겨울 얼음판 위에서 썰매를 탔다. 개울의 한가운데 얼음이 깨져 있었다. 장난기 가득한 친구 종호는 물이 흐르는 쪽으로 다가갔다.

"물속에 돈이 있다."

"돈? 어디 어디?"

우리는 일제히 달려갔다. 나는 오빠에게 1초의 망설임 없이 부탁했다. 잠시 고민하더니 오빠는 바지를 걷어 올렸다. 한 발짝 물속으로 내디뎠다. 추위에 오빠의 몸이 사정없이 흔들리는 것이 보였다. 오빠의 작은 몸짓 하나도 우리는 숨죽여 지켜봤다. 조금만 더 들어가면 돈을 잡을 수 있었을 것 같은데 그때 오빠가 멈칫한다.

"이러다 물에 빠지겠어."

오빠는 퉁명스럽게 내뱉었다. 옆에서 볼 때는 얕게 보였는데 막상 들어가니 깊다. 조금만 더 깊이 들어가라고 우리는 큰 소리로 말했다. 두 발만 더 앞으로 가면 돈을 건질 수 있을 것 같다. 오빠의 무릎 위로 물이 스며들었다. 손을 쭉 뻗었다. 드디어 돈을 건져 올렸다. 우리는 너나 할 것 없이 손뼉을 쳤다.

"에이, 돈이 아니잖아."

장난감 돈을 내팽개쳤다. 돈이 아닌 것도 억울한데 옷까지 다 젖었다. 엄마한테 혼날 생각에 겁이 났다. 너나 할 것 없이 깡통에 나무를 넣어 불을 지피기 시작했다. 얼굴이 새까맣다. 양말에 구멍이 났다. 우리는 종호를 엎어놓고 '인디언 밥'을 했다. 개구쟁이 나의 일상이었다.


"야~! 노래 불러야지 책 읽냐?"

초등학교에서 가장 친한 미영이가 내 어깨를 '툭' 치면서 말했다. 5학년 음악 시간 목청껏 노래를 부르고 있었다. 언제나 내 목소리가 제일 컸다. 책 읽냐는 그 말이 가슴속에 맴돌았다. 그 후로

단 한 번도 소리 내어 노래를 불러 본 적 없다. 사실 그때까지 내가 음치이자 박치인지 몰랐다. 그러나 노래를 잘 부르지는 못하지만, 노래 부르는 것을 좋아했다.

그 일이 있고 난 뒤 어디서나 입만 '벙긋벙긋' 립싱크를 했다. 다른 사람 앞에서 말하기가 두려워졌다. 더군다나 앞니 두 개에 청태가 낀 것처럼 썩어있었다. 어금니는 말할 것도 없이 시커멓게 썩었다. 웃을 때 유난히 잘 보이는 앞니. 썩은 게 보일까 봐 항상 입을 가렸다. 말수도 점점 줄어들었다. 그림자처럼 숨어 지내다 초등학교를 졸업했다.

중학교 1학년 제천 덕산에서 충주 시내로 전학을 왔다. 시력이 좋지 않아 처음 안경을 쓰게 되었다. 세상이 밝아졌다. 학교생활도 밝아지길 바랐다. 중학교 첫 중간고사 시험이다.

"사회책 시험 범위가 어디야?"

"3장까지야. 책은 다 읽었어?"

"아니."

"넌 시험 보는데 책도 안 읽고 시험 보니?"

"시험 볼 때 책도 읽는 거야?"

친구는 한심하다는 듯이 나를 쳐다봤다. 나는 공부를 해본 적도 없고 어떻게 하는지도 몰랐다. 교실을 둘러보니 반 아이들은 책에 줄을 그어가며 공부 중이었다. 난 책상만 바라봤다.

중학교 2학년 3반 교실, 수학여행 갈 생각에 와자지껄하다. 친한 친구 4명이 빨간 티를 맞춰 입기로 했다. 정순이는 신승훈 테이프를 가져오기로 했다. 복순이는 엄마 스카프를 매고 온다고 했다. 청소가 끝날 무렵 담임선생님이 교무실로 호출했다. 평소 얌전하고 나를 드러내는 성격이 아니었기에 '무슨 일일까?' 생각하며 교무실로 들어갔다. 선생님은 나를 물끄러미 한참을 바라봤다.

"진숙아. 요즘 몸은 괜찮니? 이번 수학여행에 네 건강이 걱정되니까 가지 마라."

"저 갈 수 있어요. 하나도 안 아파요."

"수학여행 중에 무슨 일 생기면 누가 책임질 거냐?"

"저 꼭 가고 싶어요."

"안 돼. 내가 너까지 신경 쓸 수가 없다."

나는 어려서부터 허약하긴 했지만, 수학여행을 못 갈 정도는 아니었다. 성가신 일이 생길까 봐 지레 겁먹고 나를 수학 여행에 데려가지 않는 선생님이 원망스러웠다. 어깨가 축 늘어져 교무실을 나왔다.

친구들이 수학여행을 떠난 날 나는 집에 누워만 있었다. 수학여행 갈 때 먹을 과자와 음료수는 처박아 두었다. 서러움에 눈물과 콧물이 흥건하게 이불을 적셨다. 나는 절대로 선생님처럼 상처 주는 사람이 아닌 좋은 사람이 되자고 다짐했다.

다른 사람을 원망하기보다 내가 좋은 사람이 되기로 했다. 나는 좋은 사람이 되려고 지금도 노력 중이다.

# 2

## 공부 대신 취업

공부 대신 취업.
지금 잘하고 있어.

특별한 병명도 없이 나는 늘 힘이 없었다. 쉬는 시간 미영이와 선영이는 서태지와 아이들 노래를 부르며 춤을 신나게 추었다. 나는 친구들이 춤추는 모습을 물끄러미 앉아서 바라볼 수밖에 없었다.

희망도 용기도 없던 나에게 중학교 3학년 첫 수학 시간은 마치 운명처럼 다가왔다. 큰 키에, 긴 생머리. 세련된 안경을 쓴 유선재 선생님은 첫 만남부터 멋있었다. 성적은 뒤에서 놀고 있지만, 수학 시간만큼은 선생님이 좋았다. 기초도 없고 수학적 용어도 몰랐지만, 수업 시간이 마냥 기다려졌다. 수업이 시작되면 지난 시간에 배운 수학 문제를 5분 동안 테스트했다. 틀리는 날이 많았음에도 수학 선생님이 좋았다. 나도 유선재 선생님처럼 무섭지만 재밌고 멋진 수학 선생님이 되고 싶은 꿈이 생겼다.

꿈은 꿈일 뿐 약한 체력, 낮은 자존감과 수줍은 성격이 늘 나를 힘들게 했다. 더구나 낮은 성적은 선생님이 되고 싶다는 꿈을 접게 했다. 대신 취업을 생각했다.

미련 없이 충주 상고에 입학했다. 1학년 입학하자마자 아빠가 튕기던 주판을 배웠다. 부기, 타자 처음 접하는 공부가 아주 어려웠다. 학교 끝나고 학원도 다니며 열심히 공부했다. 드디어 2학년 때 주산, 부기, 타자 자격증을 땄다.

우리 학교는 고3이 되면 성적 상위 20%를 기준으로 학생들을 뽑아 대기업 취업을 위한 취업보도실을 운영했다. 나도 취업보도실에 뽑혔다. 다른 친구들이 수업하는 시간에 취업보도실 친구들은 취업을 위한 일반상식과 면접 등을 배웠다. 일반상식은 책에 밑줄을 그어가며 외우고 또 외웠다. 문제는 면접이었다.

선생님은 모의 면접을 봤다. 한 명 한 명에게 질문하고 5초 이내에 대답해야 했다.

"정진숙 학생은 취미가 무엇입니까?"

갑자기 머릿속이 하얘졌다. 손바닥에 땀이 흥건하게 고였다. 입을 달싹였지만, 아무 소리도 나오지 않았다. 5초의 시간이 마치

하루로 느껴질 정도로 길었다. 내가 대답하지 못하자 선생님은 내 옆에 있는 상례에게 말했다.

"네가 대답해 봐."

"책 읽는 것을 좋아합니다. 취미를 살려 서점을 경영하고 싶습니다."

"상례는 책 읽는 취미가 있구나."

선생님은 주위를 한 번 둘러봤다.

"평상시 취미에 대해 생각해 본 사람은 질문했을 때 금방 대답할 수 있어. 여러분은 면접관이 질문할 때 어떻게 대답할지 훈련이 필요해."

칭찬받는 상례가 부러웠다. 자신 있게 말하는 친구를 다시 보게 되었다. 어떻게 대답을 잘할 수 있을까?

상례의 대답을 들으며 내 취미는 무엇일까 생각했다. 늘 힘이 없고 아팠었기에 몸을 움직이는 것이 힘들었다. 유일한 낙은 책을 읽는 것이었다. 장르를 가르지 않고 닥치는 대로 읽었다. 책 속의 주인공이 되어 마음껏 여행하고, 다른 사람 앞에서 유창하게 말하는 상상을 했다. 나도 상례처럼 '책 읽는 것을 좋아합니다'라고 자신있게 대답을 했으면 얼마나 좋았을까.


고3. 중간고사가 끝나는 날 친구들과 노래방에서 신나게 놀았다. 집으로 왔다. 아무도 없었다. 씻고 누웠다. 전화벨이 울렸다. 경찰서였다.

"이건례 씨 집입니까?"

"네"

"큰 교통사고가 났어요."

나는 아무 말 없이 듣기만 했다.

"건대 병원 응급실에 계십니다."

전화를 끊자마자 슬리퍼를 짝짝이로 신고 마지막 버스를 탔다.

'내가 노래방만 가지 않았다면 엄마에게 사고가 나지 않았을 텐데.'

자책과 원망을 하며 달려갔다.

응급실에 도착하니 정신없는 가운데 제일 먼저 아빠가 눈에 들어왔다.

"피가 많이 나는데 뭐 하는 거야?"

"보호자 저리 비키세요. 지금 치료 중입니다."

아빠는 의사에게 소리를 지르고 있었다. 나는 어떤 상황인지 모르고 울기만 했다.

"진숙아 울지 마. 엄마 괜찮을 거야."

며칠 뒤 사고내용을 알게 되었다. 엄마는 충주에서 버스를 타고 동네에 내렸다. 건널목이 없는 도로를 건너다 큰 화물차가 엄마를 못 보고 그대로 치었다. 엄마는 오른팔과 다리가 부러졌다. 초진이 10주나 나왔다. 혼자 아무것도 할 수 없는 상황이었다. 그 날부터 엄마의 병간호가 시작되었다.

고등학교 3학년. 아침에 일어나면 엄마의 대소변을 정리하고 등교했다. 학교가 끝나면 바로 병원으로 달려가 다시 대소변을 정리하고 밤 10시쯤 잠이 들었다. 병실은 엄마만 교통사고 환자였고 다른 분들은 당뇨를 치료하는 환자였다. 당뇨 환자들은 밥을 먹고 운동을 했다. 초저녁만 되면 피곤해했다. 텔레비전 소리가 크다고 나를 나무랐고 책을 읽으려고 하면 불이 밝다고 화를 냈다. 그런 날이면 배드민턴 채와 공을 들고 승강기 옆 작은 공간으로 갔다. 벽에다 공을 치면서 화풀이를 하곤 했다.

언제 끝날지도 모르는 병간호가 싫어 멀리 취업하고 싶은 마음이 들었다. 합법적인 탈출구를 찾았다. 집에서 가장 먼 곳인 서울 소재의 기업에 면접을 보았다. 떨어졌다.

세 번째 면접을 본 곳이 대기업 보험회사였다. 충주에서 근무하는데 일이 많다고 소문난 보험회사. 떨어지길 바라는 마음과 합격하고픈 마음이 공존했다. 멀리 취업은 못 했지만, 다행히 합격했다.

녹록지 않은 첫 직장 생활이었다. 하루에도 수십 통의 전화벨이 울렸다.

"교통사고가 났어요. 보험 접수 좀 해주세요."

"올해 자동차 보험료 얼마 나와요?"

"정양. 오늘 마감 날이니까 이번 달 수금한 보험료 전산 입력 다 해 놓고 퇴근해요."

저녁도 거르고 밤늦게 터덜터덜 퇴근하면서 하늘을 보니 눈물이 핑 돌았다.

'힘들어도 일할 수 있어 고맙다.'

'힘들어도 식구들에게 도움이 될 수 있어 고맙다.'

공부 대신 한 취업이지만 지금 생각하면 내 삶에 밑거름이 되었다. 배움을 놓지 않는 좋은 영양분이 되었다.


'진숙아 공부 대신 취업 잘했어. 지금 잘살고 있어.'

# 네가 미쳤구나

좋은 직장을 때려치웠다.
자존감을 찾기 위해서.

첫 직장인 대기업 보험회사에서 2년간 열심히 일했다. 첫 직장이기에 실수도 잦았지만, 한 해 두 해 지나며 일이 익숙해졌다. 상여금이 두 달에 한 번 나왔다. 정시에 출, 퇴근한다. 다른 그곳보다 연봉도 높다. 근무 환경이 좋은 직장이었기에 친구들의 부러움을 샀다.

여러 가지로 만족한 생활이었지만 일찍 포기했던 공부에 대한 꿈을 버리기가 쉽지 않았다. 사고 싶은 예쁜 옷, 먹고 싶은 음식을 참았다. 적금 통장을 보면서 뿌듯했다. 대학 진학을 위해 "미쳤다"라는 소리를 들으며 과감히 사표를 썼다.

"좋은 직장에 들어가려고 대학에 가는데, 너는 좋은 곳에 다니면서 뭐 하러 사표를 쓰냐?"

"저는 공부에 미련이 있어 대학가고 싶어요."

"일하면서 야간에 대학을 다녀봐."

"저도 대학 캠퍼스의 낭만을 느끼고 싶어요."

"낭만은 얼어 죽을. 네가 아직 배가 덜 고프지?"

"소장님. 그래도 저 사표 내겠습니다."

가벼운 발걸음으로 건물을 나오며 고개를 들어 하늘을 보았다. 파란 하늘이 나를 응원해 주고 있었다.


내가 대학에 진학하는 목적은 공부도 중요하지만, 자신감을 찾는 일이 먼저였다. 어릴 때부터 몸이 약한 나는 사람들 앞에 서는 게 무서웠다. 사람들 앞에 서면 가슴이 먼저 '쿵쾅' 뛰었다. 누가 말이라도 걸까 봐 고개를 푹 숙이는 버릇도 있다. 당당한 내 모습을 찾고 싶었다. 대학에 진학해 성격을 바꾸며 자신감을 찾는 것이 첫 번째 목표였다.

아무도 모르는 지역으로 가서 새로운 삶을 시작하고 싶었다. 이왕이면 집에서 먼 지역의 대학으로 선택하고 싶었다. 탈출하고 싶었다. 가족들은 충주에서 일하면서 야간대학 다니기를 권유했다. 대전, 대구, 부산, 광주, 인천. 광역시 중 고민 끝에 대전을 선택했다.

이런 고민을 할 때 나를 지지해 주는 사람이 단 한 사람도 없었다. 오롯이 나 혼자 선택하고 결정했다.

97년 대전의 혜천대학 전산정보처리과에 입학했다. 직장 생활하다가 입학한 늦깎이 신입생이다.

입학식 날. 나는 대학생으로 한껏 멋을 냈다. 청바지에 흰색 블라우스에 바바리코트를 걸쳤다. 이제부터 시작이다. 가벼운 발걸음으로 교문을 들어섰다. 신입생들이 옹기종기 모여 큰 소리로 떠들고 있다. 나는 머뭇거리며 서성이다 그 옆을 그냥 지나쳤다.

전산정보처리과를 멋모르고 들어갔다. 전산 영어, 전산 수학은 무슨 말인지 하나도 알아듣지 못했다. 공부가 어렵고, 좋은 학점은 못 받아도 친구들과 놀며 대학 생활을 즐겼다.

처음에는 학교 앞 조그만 방에서 자취를 했다. 집을 떠나니 내 세상이었다. 잔소리하는 엄마도 없고, 무서운 아빠도 없다. 나만의 자유를 맘껏 누렸다. 어느새 한 학기가 지났다.

과 친구들과 친해지면서 2학기 때는 선아, 정인이 나까지 세 명이 돈을 모아 전셋집으로 옮겼다. 셋이 함께 사니 의지도 되고 좋지만, 가끔은 힘들었다. 우리는 서로 잘 지내기 위해 일주일에 한 번 촛불 켜놓고 진실게임을 했다.

"싱크대에 설거지 그대로 놓고 간 사람?"

"미안해. 내가 바빠서 그냥 갔어. 수업 끝나고 설거지하려고 했었는데……."

"방 청소 누구 차례야?"

"내가 내일 할게."

"내 화장품 쓴 사람?"

"표 안 나게 살짝 발랐는데, 어떻게 알았어?"

진실게임을 통해 서로를 이해하고 배려하는 생활을 이어갔다. 특히 우리 자취방은 우리 과 친구들의 아지트가 되었다. 주말이면 열 명 정도가 모여 한 솥 가득 비빔밥을 만들어 먹었다. 선아는 부모님이 축산업을 해서 시골집에 갔다 올 때마다 돼지고기를 한 보따리 싸 왔다. 돼지고기를 썰어 구워 먹는 날은 세상 부러울 것이 없었다.

컴퓨터 동아리 활동을 했다. 동아리 연합회 임원 제의를 받았다. 1학년 때 동아리 연합회 기획 차장으로 활동하였고, 2학년 때 부회장으로 본격적인 학생회 활동을 했다. 우리 대학의 축제 때 이천 명 앞에서 축하 인사를 했다. 대학의 큰 행사인 발대식이나 축제 때 인사말을 자주 하게 되면서 자신감도 얻고 많은 사람과 소통할 수 있는 원만한 성격을 지니게 되었다. 한없이 낮았던 자존감은 조금씩 회복되었다.

대학 생활을 자신감 있게 했다. 장학금도 받았다. 동아리 축제라는 큰 행사를 주최하기도 하였다. 짧았지만 2년이라는 시간이 내 삶의 밑거름이 되었다. 미쳤다는 소리를 들으며 대기업 보험 회사를 사표 내고 대학에 들어갔던 열정이 아직도 식지 않고 나에게 남아있다. 지금도 나는 익숙하고 안전한 환경이 좋지만 과감하게 미쳤다는 소리를 들을지라도 새로운 일에 도전한다.

평생교육사 1급에 도전했다. 평생교육사 1급은 평생교육 분야에서 실무경력 5년이 필요하다. 시나 군에 근무하는 평생교육사나 평생교육진흥원에 근무하는 분들이 많이 도전한다. 2021년에 평생 교육사 1급 40명이 선정되었다. 160명이 지원한 높은 경쟁률이었다.

성인을 대상으로 한글부터 검정고시까지 교육하는 충주열린학교를 운영하면서 연수받기가 쉽지 않았다. 평생 교육사 1급 과정에서 제일 힘든 것은 타 기관을 방문하여 조사하고 발표하는 과정이었다. 충주에서 대구를 대표하는 문해교육기관인 '글사랑 학교'까지 갔다. 3시간, 왕복 6시간 장거리 운전을 남편에게 부탁했다. 혼자 집에 둘 수 없었던 아홉 살 된 딸도 데리고 가야 했다. 발달이 느린 딸도 힘들어 떼를 썼다. 더구나 코로나19 기간에 기관을 방문하는 것도 조심스러웠다. 이렇게 힘든 일들을 겪고 드디어 자격증을 손에 넣었다. 특히 같이 연수를 받았던 교육생 중 비영리민간단체 소속은 두 명밖에 없었다. 그중에 한 명이 바로 나다.

좋은 직장을 그만두고 대학 간 것을 후회하지 않는다. 대학이라는 새로운 도전을 통해 한없이 낮았던 자존감을 회복했다. 익숙한 것에 안주하지 않고, 새로운 것에 도전하며 사는 지금도 자존감 업데이트 중이다.

# 더 넓은 세상으로 떠나자

더 넓은 세상과 소통하고 싶다.

대학교 2학년, 친구 선영이가 아르바이트하는 배스킨라빈스 31 아이스크림 가게에 갔다. 선영이는 바쁘게 움직이면서도 표정이 밝았다.

"선영아. 너 이렇게 힘든데 어떻게 웃으면서 일해?"

"나. 호주로 유학 가려고."

"유학 간다고, 호주로?"

"영어 배우려고 호주로 가는 거야, 돈 조금만 더 모으면 워킹홀리데이로 갈 수 있어."

"나는 유학은 돈 많은 사람이 가는 것인 줄 알았는데 그런 방법도 있어?"

"진숙아, 너도 한 번 도전해봐?"

대학을 졸업하자마자 전세금 뺀 돈으로 소형차 티코를 샀다. 해외에 가려면 담력을 키워야겠다는 생각이 들었다. 티코를 타고 무작정 전국 일주를 시작했다. 출발점을 고성으로 잡고, 고성에서 해안선을 따라 속초, 주문진, 강릉, 옥계, 삼척으로 내려가고 있었다. 차박이 유행하던 시절이 아니었지만, 최대한 비용을 아끼기 위해 티코에서 먹고 자는 것을 해결했다. 코펠, 버너, 아이스박스, 김치, 김, 쌀, 참치, 짜파게티, 사발면과 이불, 베개 등 필요한 것들을 트렁크에 한가득 싣고 다녔다.

망상 해수욕장에 도착했다. 시원한 봄 바닷바람이 온몸을 감쌌다. 파란 바닷물이 잔잔하게 파도친다. 트렁크에서 버너와 코펠, 라면 한 봉지를 꺼냈다. 팔팔 끓는 물에 수프를 먼저 넣고 면을 넣은 후 뚜껑을 닫고 백이십까지 센다. 2분 동안 빨리 익기를 바라는 나만의 방법이다. 코펠 뚜껑에 건져 먹은 그날의 라면 맛은 그 어떤 맛있는 음식보다 더 깊이 뇌리에 남아있다. 그 바닷가에서 혼자 끓여 먹은 라면은 혼자서 뭐든지 할 수 있다는 자신감을 채워주기에 충분했다.

이 주 동안의 동해안 여행을 마치고 곧바로 제주도로 여행을 가며 나만의 규칙 두 가지를 세웠다. 첫째는 택시 타지 않기. 둘째는 자전거로 일주하기다. 청주공항에서 비행기를 타고 제주도에 도착했다. 비가 억수같이 쏟아졌다. 제주 공항에서 버스를 타고 무작정 시내로 갔다. 여관 간판을 보고 하룻밤 숙소부터 정했다. 허기가 졌다. 허름한 분식집으로 갔다. 김밥으로 배를 채웠다.

제주도 일주를 위해 자전거 빌려주는 가게를 찾아갔다.

"아이고, 이 날씨에 여자 혼자 자전거 여행은 힘들어요."

"사장님, 저 자전거 일주하려고 충주에서 제주도까지 왔어요."

"그 먼 데서 왔다고? 그래도 이 날씨는 무리지. 아가씨가 야리야리한 게 힘도 없어 보이는구먼."

"그래도 일단 탈 수 있는 데까지 해볼게요."

"내가 딸 같아서 그래. 자전거는 언제든 탈 수 있으니까 비 그치면 와요."

"네 알겠습니다."

아쉬운 발걸음으로 버스 정류장으로 향했다.

성산 일출봉, 여미지 식물원 등 버스를 타고 갈 수 있는 여행지를 거의 다 돌았다.

성산 일출봉에 도착했다. 숙소는 1층은 식당이고 2층은 여관이었다. 하룻밤을 묵고 아침밥을 먹으러 1층 식당으로 갔다.

"사장님. 해물 뚝배기 하나 주세요."

"젊은 처자가 혼자 왔어?"

"네, 많이 주세요."

"맛있게 해 줄게."

"사장님, 정말 맛있어요. 저 2층에서 잠도 잤는데, 밥값 깎아 주시면 안 돼요?"

"사람들 다 깎아 줄 수 없으니, 천 원 줄게 이따 밥값 낼 때 보태서 계산해."

주방에 계신 부인 몰래 천 원을 주신 사장님 덕분에 기분 좋게 아침밥을 먹고 나왔다. 어디서 그런 용기가 생긴 걸까? 수줍음 많은 내가 말을 걸었다니. 더군다나 깎아 달라고 말을 먼저 했다는 뿌듯함과 돈을 깎았다는 자신감에 기분이 날아갈 것 같았다.


제주도 여행을 하는 내내 가는 곳마다 마주쳤던 언니가 있었다. 우도 일주 버스에서 내 옆자리에 그 언니가 앉았다.

"언니 제주도 여행 혼자 오셨어요?"

"교수님이 휴가 가서, 이참에 나도 혼자 휴가 왔어."

"언니 다음 코스는 어디예요?"

"아직 생각 중, 너는 어디 갈 거야?"

"저는 한라산 올라가는 게 로망이에요."

"잠깐 기다려 봐. 다이어리 좀 보고. 내 일정에는 없지만, 나랑 같이 갈래?"

"진짜요? 너무 좋죠."

그날 언니와 나는 돈을 아끼려 민박집에서 잤다.

다음 날 아침. 한라산 올라갈 준비를 시작했다. 김밥도 사고 음료수도 사고 물도 사고 과자도 샀다. 어리목에서 출발이다. 카이스트에서 연구원으로 일한다는 언니와 자연스럽게 이야기를 나눴다. 나는 호주로 유학 갈 얘기를 주거니 받거니 하며 한라산을 올랐다.

슬슬 다리가 아파왔다. 말수도 줄어들었다. 내려오는 사람들에게 물어봤다.

"정상이 얼마나 남았어요?"

"조금만 가면 돼요."

말과는 달리 가도 가도 끝이 없었다. 수십 번 물으며 끝까지 갔다. 백록담의 시원한 바람이 땀을 식혀 준다. 언니랑 손을 잡고 팔짝팔짝 뛰었다. 나는 이제 누구하고 든지 소통할 수 있다는 자신감이 생겼다.

하산하는 길. 올라오는 사람들이 나에게 물어본다.

"정상이 얼마나 남았어요?"

"조금만 가면 돼요."

언니와 나는 마주 보고 깔깔 웃었다.

첫 번째 전국 일주, 두 번째 제주도 여행을 통해서 나는 세상과 소통하는 법을 배워갔다. 나는 지금도 새로운 눈으로 세상을 바라보고 세상과 소통하기 위해 독서도 하고 공부도 하고 글쓰기도 하고 있다.

# 5

## 할 수 있는 건 누워있는 일

어제보다 오늘, 오늘보다 내일 더
건강해지기 위해 노력 중이다.

　　호주로 유학을 계획했다. 또 다른 도전이다. 돈은 없지만 젊음
과 시간이 있다. 높은 곳에 올라가려면 가장 낮은 곳부터 시작해
야 한다. 대기업의 좋은 환경에서 일했던 모든 것을 내려놓았다.

　　집 앞 동사무소에서 행정직으로 아르바이트를 했다. 문서를 작
성하거나 주무관이 하는 일을 도와주었다. 매달 월급의 70%를
적금을 넣었다. 집에서 다녔으니 숙식이 해결되었다. 용돈을 아끼
기 위해 점심도 집에 와서 먹었다. 적금 1년 프로젝트. 칠백 만원
을 모았다.

　　호주로 떠난다는 생각에 들떠 있었다. 아르바이트 시간 외에
모든 일과를 유학 준비로 채웠다. 영어 공부를 어떻게 해야 할지

막막했다. 중학교 1학년 책을 샀다. 처음부터 공부하는 수밖에 없었다.

호주에서 꼭 가보고 싶은 곳 다섯 곳을 골랐다. 그램피언스 국립공원, 호주 최대의 국립공원인 카카두, 프레이저섬, 오페라 하우스 마지막으로 그레이터 블루마운틴스이다.

꽃샘추위가 한창인 2월 여권 사진을 찍었다. 평소 화장기 없는 민얼굴로 다녔다. 그날만큼은 정성스럽게 화장을 했다. 예쁜 옷도 골라 입었다. 며칠을 기다려 여권을 받았다. 벌써 호주에 도착한 것 같은 착각이 들었다. 여행할 때 입을 옷과 신발, 선글라스도 샀다. 그날만큼은 거하게 썼다. 비자 신청까지 척척 진행되었다. 빠진 물품이 없나 표시하면서 들뜬 마음으로 가방을 쌌다 풀기를 반복했다. 빨리 시간이 흐르기만을 기다렸다. 벚꽃이 흐드러지게 피는 4월이면 호주에 도착해 있을 것이다.

설렘도 잠시, 내 인생의 반전이 일어났다. 호주 유학의 꿈은 물 건너 갔다.

고등학교 동창들과 저녁 모임이 잡혔다. 친구 미숙이 차를 타려고 차 문을 잡아당겼다. 열리지 않았다. 나는 손에 힘을 꽉 주어 다시 당겼다. 미동도 하지 않았다.

"야, 빨리 타."

"문이 안 열려."

"지금 장난해. 약속시간 늦었어."

"미숙아, 온몸에 힘이 안 들어가. 진짜 문을 못 열겠어."

"괜찮아? 내가 문 열어줄게."

친구들과 있는데도 열이 나고 온몸이 두들겨 맞은 것처럼 아팠다. 서둘러 집으로 왔다. 밤이 되었다. 몸을 웅크렸다 폈다 반복했다. 앓는 소리가 새어 나가지 않게 베개에 얼굴을 깊게 묻었다. 아침마다 일어나면 베개가 새까맣게 머리카락으로 덮여있었다. 힘겹게 샤워를 하고 몇 발짝 떼면 식은땀이 온몸을 타고 줄줄 흘러 내렸다. 더 이상 동사무소로 출근한다는 것은 무리였다.

아픈 것을 참고 참았다. 살고 싶어 병원에 가야 하는데 무슨 과로 가야 할지 막막했다.

"식은땀이 비 오듯 줄줄 흐르고 온몸이 아픈데 어떤 병원에 가야 할지 모르겠어."

"우리 병원에 와서 피검사 해볼래?"

"정형외과에서 피검사도 해?"

"내가 원장님께 부탁해 볼게."

정형외과에서 간호사로 일하고 있는 친구 현자는 없는 혈관을 이리저리 살폈다. 고무줄로 팔을 묶었다. 알코올 솜으로 팔을 쓱쓱 문지른다. 4통이나 피를 뽑았다. 다음날 검사 결과가 나왔다.

"진숙아, 큰일 났어. 원장님이 너 류머티즘성 관절염이래."

"그게 뭔데."

"많이 아픈 거래. 큰 병원 류머티즘 내과로 가래."

"류머티즘 내과?"

처음 듣는 생소한 병이었다.


원주 기독교병원에서 류머티즘성 관절염이 아니라 루푸스라는 진단을 받았다. 2주에 한 번 진료를 받고 약을 타 왔다. 루푸스 특성상 밤이면 더 통증이 심했다. 약을 먹어도 밤의 통증은 멈추질 않는다. 할 수 있는 것이 아무것도 없다. 통증으로 잠 못 자는 날이 많아지면서 신경은 더 날카로워졌다. 매사에 부정적이고 짜증이 났다. 움직이기도 힘든 내가 할 수 있는 일이 뭘까 절망적인 생각이 온통 밤을 지배했다. 아무리 생각해도 내가 할 수 있는 일은 아무 것도 없었다. 침대에 누워 시간을 보냈다. 밤이 오는 게 무서웠다. 아침이 되기만을 기다리며 통증으로 짜증을 내다가 시계를 보면 1분밖에 시간이 흐르지 않았다.


친구들을 만나는 것도 싫었다. 모든 친구와 연락을 끊었다. 세상과 점점 멀어졌다. 고립된 시간이 지속 되었다. 그때부터 나의 유일한 친구는 소주였다. 나는 술이 약한 체질이다. 술을 조금만 먹어도 잠이 든다. 통증을 잊기 위해, 잠을 자기 위해 밤마다 술을 찾았다. 혼자 라면이나 구운 오징어를 안주 삼아 술을 마시다 보면 어느새 잠들어 있었다. 술이 나를 재워 준다고 믿었다. 술 마시는 날이 지속되다 보니 알코올중독에 빠졌다. 머리가 깨질 것 같은 통증에 깨어나면 다시는 술 마시지 말아야지, 생각했지만 저녁이 되면 술을 마시고 있었다. 술을 마시면서 내일 아침 깨어나지 않기를 기도했다.

어느 날 늦은 아침 숙취에서 비몽사몽 깨어났을 때 내 귀에 엄마의 기도 소리가 들려왔다.

"하나님. 진숙이가 잠을 못 자요. 우리 진숙이 불쌍히 여겨주세요. 술도 끊고, 잠도 편히 잘 수 있게 도와주세요. 제가 바라는 것은 진숙이 건강밖에 없어요."

무릎 꿇고 기도하는 엄마 성경책이 얼룩덜룩 젖어 있었다.

엄마의 간절한 기도를 들으며 효도는 못 해도 건강은 챙겨야겠다고 다짐했다. 그때부터 '내가 이 술을 왜 먹지?'라고 매번 나 자신에게 물었다. 아침에 일어나는 것부터 시작했다. 집 앞을 걸었다. 힘이 생기면서 남산 깔딱 고개도 올랐다. 올라가는 게 힘들지만, 정상에 올라가면 기분이 좋아졌다. 매일 하다 보니 다리에 힘도 생기고, 숨도 덜 차고, 잠이 잘 왔다. 엄마의 기도 덕분에 술을 끊고 건강을 찾은 것이 행복했다.

혼자 세수하고, 혼자 걸을 수 있고, 혼자 생활할 수 있다는 것 자체가 감사하다. 난 어제보다 오늘, 오늘보다 내일 더 건강해지기 위해 지금도 노력 중이다.

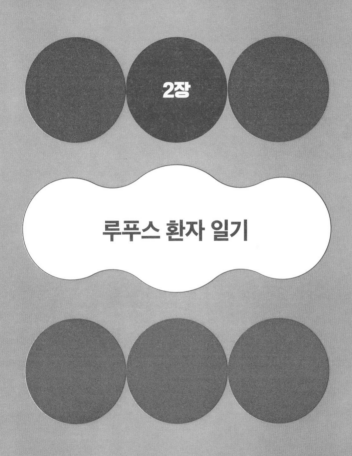

2장

루푸스 환자 일기

# ·:**1**:·

# 잦은 기침이 폐렴이 되고

늦게 들어간 대학에서 컴퓨터를 전공했다. 대학 졸업 후 장애인 정보화 교육 강사와 초등학교에서 방과 후 컴퓨터 강사로 활동했다. 구치소에서 재소자를 대상으로 검정고시 수업도 했다. 야학에서 수학을 가르치고 사무국장으로 봉사했다. 한꺼번에 여러 활동을 하다 보니 몸에 무리가 왔는지 부쩍 기침이 심해졌다. 겨우 퇴근하면 곧장 침대로 들어갔다.

"진숙아, 밥 안 먹어? 밥 먹고 자야지."

"진숙아, 어디 아파? 그래도 밥은 먹고 자야지."

"아프다고……."

베개에 머리를 박고 엉엉 울었다. 기침은 연달아 나왔다. 엄마는 따뜻한 꿀물을 타서 가져다주었다. 통증으로 긴긴밤을 보냈다.

강의 준비 중에도 가슴이 터질 것 같고, 기침으로 숨이 목까지 차올랐다. 감기몸살이겠거니 하며 정연무 내과에 갔다. 원장님은 같은 교회 교인으로 늘 친절하다. 청진기를 가슴에 대고 소리를 들어보더니 간호사를 급히 불렀다.

"김 간호사. 얼른 정진숙 님 엑스레이와 피검사 해주세요."

"정진숙 님 엑스레이 찍으러 가실 겁니다."

가슴이 쿵 내려앉았다. 의자에서 일어나는 순간 다리에 힘이 빠졌다. 간호사의 부축을 받고 다시 일어섰다. 별일 아니길 바라는 마음으로 엑스레이를 찍고 채혈도 했다.

검사가 끝난 후 진료실로 들어갔다.

"폐가 이렇게 될 때까지 뭐 하다 이제 왔어요?"

"원장님 왜요? 폐가 아주 나빠요? 저는 조금 쉬면 괜찮아질 줄 알았어요."

"여기 하얀 거 보이시죠. 이 하얀 게 다 염증이에요. 폐렴이에요."

"네? 폐렴이요?"

"소견서를 써줄 테니 건대 병원에 얼른 입원하세요."

소견서를 손에 들고 병원을 나와 승강기 앞에서 한참을 벽에 기대어 있었다. 엄마한테 전화부터 했다. 나는 건대 병원으로 갔다. 엄마는 입원 준비물을 챙겨 병원으로 달려왔다.

1주일 정도 입원하니 한결 숨쉬기가 편해졌다.

"선생님. 기침도 좋아지고, 숨쉬기도 편한데 이제 퇴원해도 될까요?"

"정진숙 님. 아직 치료 더 받아야 해요."

"제가 루푸스가 있어서 원주기독병원 다녀요."

"그럼, 약 처방해 줄 테니 퇴원하고 바로 원주기독병원에 입원하세요."

나는 약을 처방받아 퇴원했다. 괜찮을 줄 알고 약만 먹으면서 집에 쉬고 있었다. 며칠 지나니 다시 숨이 가빠졌다. 원주기독병원에 달려갔다. 류머티즘 내과에서 진료를 받으니 바로 입원하라고 했다. 다시 엑스레이를 찍었다. 온통 하얗다.

"정진숙 님 빨리 입원 절차 밟으세요."

호흡기 병동에 병실이 없어서 암 환자 병동에 입원했다. 회진 시간에 의사 선생님은 간호사를 부르더니 왜 호흡기 환자를 이 병실에 입원시켰냐고 나무랐다. 병실이 비는 대로 바로 호흡기 병동으로 옮기라는 명령을 내렸다.

"호흡기 병동이 아니면, 응급처치가 힘들어요. 생명을 잃을 수도 있어요."

라고 말하며 의사 선생님이 나갔다. 대수롭지 않게 생각했던 폐렴이 위독할 수도 있다는 걸 그때 처음 알게 되었다.

암 병동 환자 중 유독 눈에 들어오는 분이 있었다. 예쁜 두건을 쓰고, 큰 눈에 유난히도 하얀 피부를 가진 그녀는 내가 입원하자마자 과일이며 빵을 나눠 주었다. 아픈 와중에도 나눌 수 있는 마음의 여유가 부러웠다. 항암 주사를 맞으면 토하기 때문에 그녀는 일부러 깨어 있다고했다. 주사 맞을 때 쓰러지듯 자야 덜 토한다고 했다. 다음날 항암 주사를 맞고 바로 퇴원했음에도 그녀의 여운이 생생하다.

6층 호흡기 병동으로 옮겨졌다. 숨쉬기가 힘들고 기침이 멈추질 않아 잠을 설쳤다. 아침 일찍 요구르트를 마셨다. 마시자마자 또 토했다. 누우려는데 갑자기 하늘이 뱅글뱅글 돌았다. 깨어나 보니 간호사들과 의사들이 바쁘게 오가고 있었다. 어떤 상황인지 몰라 우두커니 있었다. 병간호하던 엄마가 자리를 잠깐 비운 사이에 벌어진 일이다.

"정진숙 님. 정신이 좀 들어요? 갑자기 몸이 굳어지면서 간질 같이 쓰러졌었어요."

"제가요?"

"어머님도 많이 놀랐어요. 엄마한테 잘하셔야겠어요."

"감사해요. 선생님."

원인을 찾기 위한 검사들이 시작됐다. 평생 처음 해보는 이름 모를 검사들을 마구 했다. 특히 심폐기능 검사는 숨을 멈췄다가 후하고 불었다. 15번 정도를 한끝에 겨우 성공했다. 어지럽고 토할 거 같았다. 생각만 해도 끔찍하다.

"경기를 한 이유는 알 수 없습니다. 스트레스받지 마세요."

"스트레스 받지 않으면 기절 안 할까요?"

"그건 알 수 없지만, 되도록 편히 쉬면 좋을 것 같습니다."

입원한 지 두 달이 되어갔다. 통증으로 인한 나의 온갖 짜증과 히스테리를 엄마는 말없이 다 받아 주었다.

퇴원 전 병원에서의 마지막 밤. 두 달간의 입원 생활을 돌이켜 봤다. 나를 제외한 다섯 명은 모두 70대, 80대 환자였다. 엄마와 나를 환자와 보호자로 바꿔 착각하는 사람도 있었다. 아파보니 알 것 같았다. 곁을 지켜주는 건 가족뿐이라는 사실. 도망치고 싶었던 집이었는데, 집으로 돌아갈 날만 손꼽아 기다렸다. 헝클어진 머리로 침상에 기대 잠든 엄마의 표정. 두 달 사이 주름이 깊게 팼다. 잠든 엄마의 손을 슬며시 잡아본다.

# 입원은 반복되고

아파본 사람은 안다.
일상생활의 소중함을.


    대학을 졸업하고 꿈 많던 스물다섯, 입원과 퇴원이 반복되는 생활, 해만 넘어가면 기침이 심해졌다. 열이 39도가 넘어갔다. 밤새 뒤척이다가 아침 일찍 가까운 병원으로 갔다.

"폐렴입니다."

"퇴원한 지 일주일도 안 됐는데요."

"얼른 다니던 원주 기독교병원으로 가세요."

급한 나머지 교회 집사님께 전화했다.

"집사님 제가 열이 높아 원주에 입원해야 하는데 혹시 데려다 줄 수 있어요?"

"어디예요? 지금 바로 갈게요."

"고맙습니다. 병원 정문에 서 있을게요."

원주기독병원의 같은 병동, 같은 병실에 또 입원했다.

"담배 피우시나요?"

"네?"

"웃는 것 보니까 피우는군요. 담배를 끊으셔야 해요. 보세요. 폐가 하얗습니다. 건강을 위해 꼭 끊으세요."

졸지에 담배 피우는 사람이 됐다. 담배 안 피운다고 말할 타이밍을 놓쳤다. 나는 폐렴이 되면 급성으로 왔다.

병실에만 오면 이상하게 잠을 못 잔다. 기침과 고열이 한몫하기도 하지만, 잠자리가 아무래도 불편하다. 밤이 되면 간호사들은 두 시간에 한 번씩 불을 켜고 링거와 여러 가지를 확인한다. 불을 켤 때마다, 사람들은 잘 자는데 내 눈동자만 커진다. 밤새 뒤척이다 겨우 잠들면 다섯 시부터 피검사와 혈압을 잰다. 간호사는 매일 몸무게, 먹는 양, 대소변량까지 점검하라고 재촉한다. 몸이 붓기 때문이다. 일곱 시쯤 아침밥이 나온다. 더 자고 싶은 마음을 억누른다. 입맛이 없어 먹는 둥 마는 둥 숟가락을 내려놓는다. 일어나 겉옷을 걸친다. 병실 문을 나와 병원 밖으로 무작정 걷는다. 노점에서 오이고추와 바나나를 산다.

'점심에는 제발 오이고추로 밥맛이 살아나기를……'

의과대학 학생이 루푸스에 관해 연구하고 싶다고 왔다. 설문에 참여해 줄 수 있는지 물었다. 다음 주부터 삼 일간 1시간씩 인터뷰하기로 했다. 이 주쯤 후에 학생이 나를 깨웠다.

"죄송한데요. 설문 조사 지금 해도 될까요?"

"네. 안 오셔서 안 하는 줄 알았어요."

"올 때마다 코를 골며 주무셔서 그냥 돌아갔어요."

"제가 코를 곤다고요? 밤에 잠을 못 자서 그랬나 봐요."

"인터뷰 시작해도 될까요? 루푸스 처음 판정받은 날이 언제였나요?"

"이 년 전이요. 류머티즘성 관절염으로 판정받았다가, 폐렴으로 입원하면서 루푸스로 진단받았어요."

"루푸스는 합병증이 동반하는데 어디로 왔나요?"

"저는 루푸스 신염으로 신장이 가장 안 좋아요. 조직검사까지 했어요."

"단백뇨 많이 나와요?"

"오줌 눌 때 거품이 많이 나요. 정상 수치보다 2배 높게 나온대요."

"많이 피곤하겠어요. 단백질 많이 드세요."

사흘 동안 수많은 질문을 받고 대답하면서 나의 아픈 상황이 정리되었다. 학생은 나를 진심으로 위로하고 이해해 주었다.

4주 치료 끝에 퇴원했다. 다시는 입원하는 일이 없기를 바라며 집으로 왔다.

며칠 잠잠하더니 또 기침이 난다. 오뉴월에는 개도 안 걸린다는 감기. 나는 바람만 조금 쐐도 기침이 나기 시작한다. 열이 오르는 게 심상치 않다. 병원에 갔다. 역시 폐렴이다. 또 입원했다. 수간호사는 나를 보더니 한마디 한다.

"우리병원 단골 되겠네. 또 폐렴이에요?"

"네. 커피숍에서 에어컨 바람 맞아서 그런가 봐요."

"면역력이 약해서 그래요. 운동을 꾸준히 해 봐요."

맞다. 아프다는 이유로 먹고, 자기만 반복했다. 운동은 생각지도 못했다. 조금씩이라도 걸어야겠다.

왜 하필 나만 이렇게 자주 폐렴에 걸릴까? 짜증도 나고 병원에서 도망치고 싶었다. 하루에도 몇 번씩 링거를 뽑아버리고 싶은 충동이 들었다. 20대에 폐렴으로 입원을 반복하느라 마음이 우울해졌다. 일상으로 되돌아갈 날만 기다렸다. 따뜻한 햇볕 아래 공원도 걷고, 친구들과 커피숍에 앉아 수다도 떨고 싶다. 당연하게 누렸던 일상이 지금은 간절한 바람으로 바뀌었다. 꾸준한 운동과 균형 있는 식사로 면역력을 키우는 것이 건강에 얼마나 중요한지 깨달았다.

# 3

## 잠 못 이루는 밤

아프고 힘들 때 내 편이 되어주는
한 사람만 있어도 견딜 수 있다.

학습지 교사 시절 인연이 된 덕이 어머니인 장 집사님은 나에게 고마운 분이다. 아프고 힘들 때 나를 알뜰살뜰하게 챙겨 주신 분이다.

"집사님. 놀러 가도 돼요?"

"네. 점심은 먹었어요? 안 먹었으면 내가 밥해줄게요."

"고맙습니다. 바로 갈게요."

야구 모자를 쓰고 티셔츠와 반바지를 주섬주섬 입는다. 슬리퍼를 신고 집을 나선다. 승강기를 탄다. 거울을 보니 초췌하다. 아래층에서 사람이 탄다. 모자를 푹 눌러 쓰고 고개를 숙인다. 땡 소리와 함께 1층에 멈춘다. 내린다. 밖으로 나온 순간 눈을 찡그린다.

천천히 발걸음을 옮긴다. 건널목을 건넌다. 신호등이 깜빡이고 차들이 클랙슨을 울린다. 급한 마음에 뛰어가다가 슬리퍼가 벗겨진다. 건널목 앞에 차들이 멈춰 섰다. 나는 슬리퍼 한쪽을 들고 뛰어 건넌다. 얼굴은 빨개지고 몸은 땀으로 범벅이 되고 발바닥은 화끈거리고 아프다. 집사님 집에 간신히 도착한다.

"집사님. 저 샤워해도 돼요?"

"밥 먼저 드시고 하시지."

"오다가 건널목에서 사고가 날 뻔해서 놀라서 땀이 흥건해요. 샤워 먼저 할게요."

"괜찮으세요? 놀랐겠어요. 얼른 씻으세요. 된장찌개 데워 놓을게요."

"감사해요. 빨리 씻고 나올게요."

머리를 툭툭 털며 욕실에서 나왔다. 밥상에 앉는다. 냄비 안에 두부와 호박이 들어간 된장찌개가 김이 모락모락 난다. 무속이 들어간 맛깔난 배추김치에 아삭아삭한 오이무침까지 입에 침이 고인다. 숟가락을 드는 순간 내가 좋아하는 김과 달걀부침을 갖다준다. 나를 챙겨 주던 엄마 생각이 났다. 고개 숙이고 된장찌개를 한술 뜬다. 따뜻한 국물이 목을 타고 들어온다. 집사님의 사랑과 엄마의 그리움을 같이 먹는다.

갑자기 졸음이 쏟아진다. 폐렴으로 입·퇴원을 반복하면서 살이 빠졌다. 바닥에 앉으면 엉덩이가 아프다. 체력이 떨어지니 밥을 먹는 것도 앉아 있는 것도 힘들어졌다.

"집사님. 잠깐 누워있다가 다시 먹을게요."

"그렇게 힘들어서 어떡해요?"

"죄송해요. 조금만 쉴게요."

집사님은 얇은 이불로 덮어주고 베개를 머리에 고여 주었다. 아픈 나에게 엄마처럼 사랑을 베풀어 준 집사님 덕분에 오늘의 내가 있다.

장 집사님은 얼굴빛이 점점 새까맣게 변해가는 나를 안타깝게 여겼다. 진지하게 교회 다닐 것을 권했다. 성도가 10명 남짓한 작은 교회를 소개해 주었다. 처음에는 예배가 있는 날만 교회에 갔다.

루푸스가 심할 때는 식은땀을 줄줄 흘린다. 언제 또 열이 나서 입원하게 될지 불안했다. 밤이 되면 송곳으로 찌르는 것처럼 온몸이 쑤신다. 아침이 되기만을 기다린다. 시계를 보고 또 본다. 밤이 되는 게 두려웠다. 몸이 아프니 마음마저 우울해졌다.

'이렇게 살다가는 죽겠구나.'

'이렇게 사는 게 무슨 의미가 있지.'

교회에 다니기 시작했다. 예배 시간에 앉아 있지만 무슨 말인지 귀에 들어오지 않았다. 꾸벅꾸벅 졸다가 집으로 돌아오는 날이 많았다.

"정 선생님. 어젯밤에 잠 안 주무셨어요? 피곤해 보여요."

"밤에 아플까 봐 밤이 오는 게 무서워요. 마음 편하게 자 보는 게 소원이에요."

"오늘은 교회에서 자고 내일 새벽예배 같이 드릴래요?"

"그래도 될까요?"

작은 교회라 시설이 넉넉하지 않았다. 번듯한 방이 있는 것도 아니었다. 바퀴벌레가 돌아다녔다. 부엌 한편에 모기장을 치고 목사님 사모님과 같이 잤다. 새벽예배도 드렸다. 한두 번 그렇게 하다가 같이 살게 되었다.

평소 내 감정을 드러내지 않던 나는 사모님께 나의 얘기를 토해내기 시작했다. 20대에 희귀 난치병인 루푸스에 걸린 것이 억울했다. 호주유학을 포기한 것도 싫었다. 할 수 있는 게 아무것도 없다는 절망감으로 가득했다. 밤마다 사모님을 붙들고 한, 두 시간씩 얘기했다. 사모님은 항상 잘 들어주셨다.

개척교회 사모님이 무슨 돈이 있었을까? 살림도 어려 우셨을 텐데 입맛 까다로운 나를 위해 갖은 정성을 쏟으셨다.

"정 선생님 뭐 드시고 싶은 거 있으세요? 환자는 잘 먹어야 해요."

"저 김밥 좋아하는데 당근 넣은 건 싫어해요."

"골고루 먹어야 하는데 정 선생 것만 당근 빼고 싸줄게요."

사모님 덕분에 까칠한 성격이 둥글둥글해졌다. 나의 모든 것을 사랑으로 보듬고 기도해 주셨다. 밤새 잠 못 이루고 뒤척거리는 시간도 줄어 들어갔다.


내가 정말 아프고 힘들 때 장 집사님과 사모님이 내 편이 되어 주어서 내가 잘 견뎠듯이 나도 아픈 사람 누군가에게 도움이 되고 싶다. 아파서 힘든 것보다 외로워서 힘든 게 괴롭다.

## 운명처럼 파고든 한 줄 〈자원교사 모집〉

2003년 교차로 신문에 난 '자원교사 모집'은
또 다른 삶의 시작이었다.

태극기와 새마을기가 걸린 2층짜리 낡은 건물 앞에 섰다. 들어
가는 입구가 어딘지 두리번거렸다. 문을 밀고 들어갔다. 1층 문화
학교는 낮에만 운영하는 곳이라 깜깜했다. 계단에 발을 디뎠다.
거미줄이 보였다. '여기가 공부하는 곳이 맞나?' 2층까지 올라갔
다. 복도 끝에 교무실이라고 쓰여 있다.

똑똑 문을 두드렸다.

"자원교사 모집 광고 보고 왔습니다."

"이곳은 검정고시를 준비하는 야학입니다. 어떤 과목을 가르칠
수 있나요?"

나는 과목은 생각 해보지 못했다. 솔직히 공부도 못했지만 좋

아하는 과목도 없었다. 무슨 과목을 할까 한참을 고민했다. 그나마 책을 좋아하니까 국어로 정했다.

"국어요."

"국어요? 국어는 현직에 계신 선생님이 자원교사로 수업을 하는데요."

"그럼. 수학이요."

"안 그래도 수학 선생님을 찾고 있었어요."

중학교 때 좋아했던 수학 선생님이 떠올랐다. 나는 수학을 하겠노라고 말했지만 걱정되었다.

책을 받아 들고, 곧장 도서관으로 향했다. 중학교 수학이긴 하지만 어디서 어떻게 수업해야 할지 몰라 공부를 시작했다. 중학교 다닐 때는 수학이 어려웠다. 그런데 막상 공부해 보니 재미있다. 내가 필요한 곳이 있다는 자체가 좋았다.


야학은 월요일부터 금요일까지 저녁 6시부터 9시 30분까지 진행된다. 나는 아침 먹고 도서관으로 갔다. 점심은 집에서 먹고 야학으로 갔다. 아무도 없는 학교 교무실에서 문제집을 미리 풀어보고 수업 준비를 했다. 드디어 첫 수업이다. 열심히 준비했다고 생각했는데 학생들 앞에 서니 떨린다. 문제에 대해 이해했지만, 어떻게 설명해야 하는지는 준비를 못 한 것이다. 난감하기만 했다.

중학교 선생님이 설명했던 것을 떠올리며 말을 이어갔다. 늦깎이 학습자들은 도저히 무슨 말인지 모르겠다는 표정이다. 무슨 말을 어떻게 했는지 모르게 식은땀을 뻘뻘 흘리며 끝냈다. 아는 것과 가르치는 것은 천지 차이였다. 첫 수업 후 절망에 빠졌다.

'한 번도 가르쳐본 경험도 없는데 무슨 배짱으로 한다고 했을까?'

'못한다고 말할까?'

'이왕 시작했으니 이번 학기만 해보자.'

다시 공부를 시작했다. 아무도 없는 빈 강의실에 들어가 학생이 있다고 생각하고 이렇게도, 저렇게도 설명해보았다.


"오늘은 일차 방정식을 배울 거예요."

"$2+\square=5$", "$\square$는 얼마일까요?"

"3이요."

늦깎이 학습자들은 힘차게 대답한다.

"네. 맞아요. 3이에요. 이 문제를 중학과정으로 바꿔 볼게요."

"중학교에서는 $\square$ 대신 $x$가 나와요.", "$x$는 $\square$라고 생각하시면 돼요."

"$2+x=5$, 여기서 $x$값은 얼마일까요?"

아무도 대답을 하지 않는다.

$x$ 대신 $\square$라고 재차 설명한다.

"방정식에서는 =이 기준이에요. =을 기준으로 왼쪽에는 문자항, 오른쪽에는 상수항이에요."

"선생님. 상수항이 뭐예요?"

"항상 숫자만 있는 것을 상수항이라 고해요. 우리끼리는 숫자항이라고 부를게요."

어른들의 언어로 다가갔다.

"남의 자리에 있는 것은 자신의 자리로 옮겨야 해요. 옮기는 것을 이항이라고 해요."

"이항은 쉽게 이사라고 생각하면 돼요."

"이사할 때 조건은 부호를 바꾸는 거예요."

"플러스는 마이너스로, 마이너스는 플러스로"

한참을 설명하고 있는데 갑자기 한 분이 질문한다.

"선생님. 도대체 누가 이사를 한다는 거예요?"

교실 안에는 웃음소리로 가득 찼다. 성격 급해 빨리 설명하니 학생들은 못 알아듣는다.


야학에서 나는 똑순이 선생님으로 불렸다. 수학을 똑 부러지게 가르쳐서 붙여진 별명이다. 그 별명을 듣고 욕심이 생겼다. 늦깎이 학습자들의 초롱초롱한 눈빛을 보면 하나라도 더 가르치고 싶었다. 이 문제만큼은 확실히 이해시키고 싶어서 60대인 지숙 학생에게 계속 같은 질문 했다. 그 분은 갑자기 벌떡 일어서 화장실로 달려가면서 눈물을 흘렸다. 나는 당황해서 화장실로 따라갔다.

"선생님 때문에 우는 게 아니라, 이해를 못 하는 저 자신이 답답해서 우는 거예요."

"어머니, 괜찮아요. 설명하고 바로 이해하면 여기에서 공부할 필요가 없죠. 이해가 안 되기 때문에 공부하는 것이고, 저도 있는 거예요."

나도 죄송한 마음에 그분의 어깨를 토닥이며 함께 운다. 열정이 과하면 상대방이 힘들다.

나는 아파도 학교에 있었고 비가 오고 눈이 와도 학교를 지켰다. 다른 선생님이 수업에 못 오는 날이면 모든 수업을 내가 대신했다. 학생 모집을 위해 아이디어도 짰다. 상담 전화도 모두 받았다. 문해 교육은 나의 일상이자 전부가 되었다.

2003년에 본 광고 한 줄이 나를 21년 문해 교육으로 이끌었다. 10년 동안 문해 현장에서 아무도 나를 알아주지 않았다. 10년이 더 지나니 문해 교육 전문가가 됐다.

한 줄의 광고를 보고 21년 외길을 걸어온 나에게 박수를 보낸다. 나는 앞으로도 문해 교육의 길을 기쁨으로 걸어갈 것이다.

# 5

## 사회복지학과 입학

누구도 못 할 거라고 하는 중증장애인에게
도움을 주는 사람이 되고 싶어 사회복지학과에 입학했다.


야학에서 수학을 가르치면서 대학교 편입을 고민했다. 공부가
하고 싶어졌다. 중학교 검정고시반장을 맡고 있던 늦깎이 재순
학생과 대화하게 되었다.

"반장님. 열심히 공부하시던데 꿈이 있으세요?"

"대학교 사회복지과에 입학하는 게 소원이에요."

"사회복지과요? 처음 들어보는 과예요. 사회복지는 어떤 일을
해요?"

"지금 선생님이 하는 게 바로 사회복지예요."

"제가 하는 일이 사회복지라고요?"

"네. 도움이 필요한 사람한테 상담해 주고, 지원해 주는 거예

요. 제가 사회복지시설 자원봉사 가는 날 같이 가실래요?"

"제가 가도 될까요?"

"다음 주 수요일 11시에 같이 가요."

내가 사회복지를 하고 있었구나. 그날부터 사회복지에 관심을 두게 되었다.

재순 반장님이 봉사하는 날 나는 사회복지시설에 첫발을 들여 놓았다. 산 중턱에 있는 80여 명의 중증장애인 거주 시설 '나눔의 집'이다. 주차장에서 50m 걸어 올라가면서 하늘을 바라보았다. 파란 하늘 밑에 큰 건물이 눈에 들어왔다. 나눔의 집에 들어가 인사했다. 마침 점심시간이었다. 반장님은 식당으로 들어갔다. 휠체어를 타고 들어오는 분, 생활 복지사 선생님 부축을 받으며 들어오는 분, 천천히 혼자 걸어 오는분 등 중증장애인이 많았다. 반장님은 일일이 인사하며 밥을 퍼주었다. 나는 어떻게 해야 할지 몰라 그냥 구석에 앉았다. 반장님은 장애인분들과 생활 복지사 선생님, 그곳에 있는 모든 분과 웃으며 말을 주고받았다. 장애인분들이 다 먹고 방으로 돌아갔다. 나는 식판을 개수대로 옮겼다. 식탁에 떨어진 반찬과 국물을 행주로 닦았다.

"정 선생님. 이제 그만하고 빨리 와서 같이 식사해요."

"네. 다했어요. 금방 갈게요."

"아욱국 맛있으니까 식기 전에 먹어요."

"아욱국 진짜 맛있네요."

"정 선생님. 오늘 첫날인데 힘들진 않았어요?"

"힘들진 않았는데, 제가 뭘 어떻게 해야 할지 몰라 당황했어요."

"처음엔 다 그래요. 자꾸 하다 보면 익숙해지고, 할 일이 보여요."

나는 장애인 정보화 교육 강사가 되었다. 처음 봉사를 나갔던 '나눔의 집'과의 인연으로 중증장애인 네 명과 컴퓨터 수업을 시작했다. 그중의 한 명인 종성씨는 검정고시 공부도 하고 싶어 했다. 종성씨와 1:1로 수업하기로 했다. 검은 뿔테 안경에 휠체어를 탄 종성씨가 환한 미소로 나를 반긴다. 청각과 언어 장애가 있는 종성씨는 한 번도 학교에 가본 적 없다. 한글을 독학으로 뗐고, 입 모양을 보고 내 말을 알아들었다. 나는 그를 이해시키기 위해 노트에 글씨를 써가며 설명했다. 종성씨는 질문할 때 입 모양과 핸드폰으로 글자를 써서 보여주었다. 초등 학력 검정고시는 여섯 과목이다. 필수과목으로 국어, 수학, 사회, 과학 네 과목을 공부한다. 선택과목은 도덕, 실과 두 과목을 선택했다. 일주일에 두 번 두 시간씩 꾸준히 칠 개월을 수업했다.

드디어 첫 검정고시 시험 보는 날이다. 초콜릿과 사탕을 넣어

예쁘게 포장했다. 물과 함께 드리며 응원했다. 종성씨의 표정은 밝았다. 시험 끝나기를 밖에서 기다리며 합격하기를 기도했다. 한 달 뒤 검정고시 합격 발표가 났고, 그는 우수한 성적으로 합격했다. 종성씨를 통해 성실함을 배웠다. 종성씨는 언제나 수업 시간을 기다렸고 그 기다림에 부응하기 위해 더 노력하게 되었다. 나는 주변 사람들을 통해 삶의 지혜를 배웠다.

첫 시험 합격으로 우리는 자신감이 생겼다.
"고등학교 검정고시 합격하시면 하고 싶은 게 뭐예요?"
"여기 나눔의 집에서 독립하고 싶어요."
"그 꿈 이룰 수 있도록 함께 노력해요."

종성씨는 바로 중학교 검정고시에도 도전했다. 나와 수업하는 시간 외에 매일 아침 여덟 시부터 밤 열 시까지 공부한 결과 삼 개월 만에 중졸 검정고시에 합격했다. 내친김에 고등과정에도 도전하고 합격했다. 종성씨는 사법고시에 합격한 것보다 더 기뻐했다. 신문과 라디오, TV 방송까지 함께 출연하게 되었다. 처음 신문사에서 연락을 받고 종성씨에게 조심스럽게 물어봤다.
"검정고시 도전기를 신문 기자가 취재하고 싶다고 연락해 왔는데 괜찮으시겠어요?"

종성씨는 말없이 고개를 끄덕인다. 처음 신문에 보도가 되었다. 그 신문을 보고 방송국에서 연락이 왔다. 종성씨랑 공부하는 모습과 인터뷰까지 전국 방송 텔레비전에 십 분이나 출연했다.

종성씨는 꿈을 이루었다. 장애인 복지 시설에서 나와 임대 아파트를 얻어 독립한 것이다. 이 년간 함께 도전하며 배운 점이 참 많다. 종성 씨는 앉아 있기도 힘들었을 텐데 한번 앉으면 다섯 시간씩 공부했다.

종성씨의 도전정신에 자극받아 나는 수영을 시작하기로 했다. 새벽에 졸린 눈을 비비며 일어난다. 밤새 통증으로 잠 못 이루는 날이 많지만, 종성씨를 보며 힘을 얻었다. 아침에 일찍 일어나기 위해 밤에 무조건 빨리 자려고 노력했다. 불필요한 약속도 다 없앴다. 한참 수영을 하다 보면 창문으로 태양이 비친다. 밝게 비치는 태양을 보면 어떤 일도 다 할 수 있겠다는 자신감이 가득 차오르는 것을 느낀다.

2005년 3월 문경대학 사회복지학과 야간반에 입학했다. 종성씨의 꿈이 나에게도 전이된 것이다. 누구도 안 된다고 말했던 사람이 나의 도움으로 꿈을 이룰 수 있다면, 나는 그 어떤 누군가의 손도 잡아 줄 것이다. 내가 사회복지학과에 입학한 목적이다.

# 일본 문해 학교 방문

일본과 문해교육 교류를 통해
문해교육을 확신하게 되었다.

2006년 7월, 바쁜 틈에 잠시 녹차 한 잔을 마시고 있을 때 전화
벨이 울렸다.

"선생님 요즘 어떻게 지내요?"

"낮에는 직장 다니고, 밤에는 대학 다녀요."

"바쁘시겠네. 10월에 일본과 문해 교류가 있는데 신청해 볼래
요?"

"네? 일본이요?"

"50% 비용을 지원해 준대요."

'직장, 대학교, 야학까지 시간을 내는 게 쉽지 않은데 어떡하
지? 그래도 한번 해보자.'

"도전해 보겠습니다."

전국 문해 기초 교육협회 양식에 맞추어 서류를 제출했다. 민간 단체가 주관하는 한·일 문해 교류는 한국과 일본을 교차하여 교류한다. 문해 교육은 성인을 대상으로 살아가는 데 필요한 모든 기초교육을 말한다. 글자를 몰라 애태우는 성인 학습자를 대상으로 하는 과정이다. 컴퓨터와 한자, 영어 등 기초교육도 한다.

서류를 제출하고 기다렸으나, 떨어졌다. 일본에 꼭 가야겠다는 생각이 들었다. 협회에 확인해 보니 전액 본인 부담하면 참여할 수 있다고 했다. 나는 적지 않은 금액인 백삼십만 원 자비를 들여 참여하기로 했다.

일본으로 떠나기 전 전국의 문해 학교 선생님과 학습자들이 '서울 어머니 학교'에서 모이기로 했다. 충주에서 고속버스를 타고 동서울터미널에서 내렸다. 지하철을 두 번이나 갈아타고 신설동역에서 내려 한참 골목길을 걸어갔다. 아무리 찾아도 학교 간판은 보이지 않았다. 2층 치킨집 이름만 크게 쓰여 있다.

"무슨 학교가 간판도 없어요?"

옥상에 간판이 있는데 너무 작아 보이지 않았다. '서울 어머니 학교는' 승강기가 없는 4층 건물 맨 꼭대기에 있었다. 문해 학교는 자원봉사 단체로 이루어지기 때문에 환경이 열악하다.

문을 열고 들어가니 충북 선생님들은 그동안 얼굴을 봐서 알고 있었지만, 다른 지역의 선생님은 처음 뵙는다.

"안녕하세요. 처음 뵙겠습니다."

"멀리서 오느라 수고 많았어요. 이쪽에 앉으시면 돼요."

돌아가면서 학교 이름, 사는 지역을 소개했다. 주의 사항도 들었다. 먼저 일본에 다녀왔던 선생님들의 사례를 듣고 소감을 나누었다.


드디어 비행기에 올랐다. 나는 늦깎이 학생들의 옆자리다. 학생들은 필요한 게 있으면 나한테 말했다.

"선생님, 물 먹고 싶어요."

"워터 프리즈"

"선생님, 맥주 마셔도 돼요?

"원 비어 프리즈"

초등 수준으로 주문한다. 학생들은 맥주를 마시며 신나 하는데 나는 또 뭘 주문할까 봐 조마조마하다.

그러는 동안 일본 간사이공항에 도착했다.

일본 도로를 보고 놀랐다. 좁은 도로를 넓게 쓰는 것이었다. 불법 주차된 차량이 하나도 없었다. 여행에 관심 있던 나는 리더도 아니고 가이드도 아닌데 준 가이드를 자처했다. 전철 표를 끊을 때 옆으로 달려가 같이 끊었다.

처음 방문한 일본 '조에 문해 학교'는 정규 학교에서 교사가 수업하고 있었다. 충격이었다.

'정규 학교에서 문해 수업을 한다니?'

"일본은 문해 학교를 공교육에서 가르치나요?"

"자격이 있는 정규 교사가 수업해요."

"교육으로 인정이 되나요?"

"네. 정식 인증을 받아 교육해요."

"와. 신기하고 부러워요."

"한국은 어떻게 자원봉사만으로 문해 교육을 해요?"

"우리는 교육부에서 문해 학교를 인정하지 않아요. 문해 교육을 사명으로 하는 자원봉사자가 모여 교육해요."

통역하는 자원봉사 선생님은 사명을 어떻게 표현해야 할지 고민했다고 한다. 그렇다. 우리나라 문해 교육은 국가에서 관심을 두지 않더라도 자비를 들여, 열악한 환경에서 수업하고 있다. 한국, 일본 참가자들이 서로 신기해하며 질문을 주고받는다.

일본의 문해 교육 대상자는 한국인, 중국인이 주를 이루었고 일본인도 있었다. 다섯 군데의 학교를 방문했다. 한국인 선생님이 일본 문해 교육을 하는 것이 인상적이었다. 선생님과 많은 얘기를 했다. 한국인이라 받았던 설움을 뒤로하고 일본에서 당당히 선생님이 되었다. 제일 교포들에게 희망을 주는 분이라 느꼈다. 한국인 2세 선생님은 최선을 다해 우리의 4박 5일 일정을 도와주었다.

'모리구치 야간 중학교'를 방문했을 때 일이다. 학교측에서는 교류단을 위해 샤부샤부 같은 음식을 정성스럽게 해 준비해 주었다. 만찬을 즐기며 장구를 쳤다. 교류단을 위해 몇 달 전부터 장구 연습을 했다며 공연을 한다.

"덩더꿍 쿵덕" 열심히 준비한 모습이 실력으로 나왔다. 흥에 겨워 어깨를 들썩인다. 교류의 의미를 조금 알 것 같다.

일본의 문해 학교를 방문하는 곳마다 손편지와 선물을 받았다. 정성스럽게 쓴 편지에는 문해 교육을 응원하고 있었다. 한 학교에서는 사진을 즉석에서 뽑아 감사하다는 글귀와 함께 코팅까지 해주었다.

일본의 학생 대표 박 씨는 제주도에서 태어나 아홉 살 때 아버지가 사는 일본으로 왔다. 2005년 3월 한일 문해 교류에 참여하여 65년 만에 한국 땅을 밟았다. 성대하게 맞아준 안양시민대학과 교류한 것이 인생의 전환점이 되었다고 했다. 박 씨는 조선 사람인 것을 숨기며 살았는데, 모리구치 야간 중학교에서 공부하면서 "순녀 씨"라고 한국 이름을 불러주는 게 기뻤다고 한다. 이름만 불러주어도 감사하고 일본인과 원만한 관계를 위해 노력하고 있다.

일본의 조에, 다이 헤지, 모리구치 야간 중학교까지 다양한 교류를 통해 성인 문해 학습자의 차별과 아픔을 이해하는 시간이 되었다. 더불어 우리나라 문해 교육의 미래도 일본처럼 될 것이라는 확신이 들었다. 지금까지 정부의 관심 밖이었던 문해 교육에 정부의 관심과 지원이 있기를 기도했다. 나는 일본과 문해교육 교류를 통해 일본의 진정성있는 문해교육을 알게 되었고, 본격적으로 충주열린학교 문해 교육에 몰두하게 되었다.

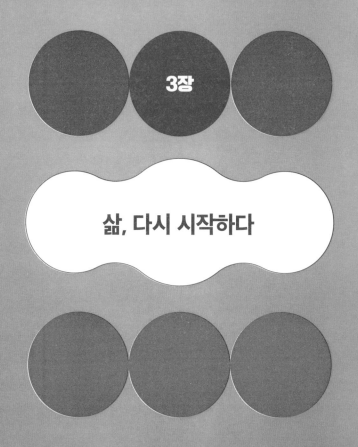

**3장**

삶, 다시 시작하다

# 선생님 한글 배우고 싶어요

누구에게나 열려있는

충주열린학교를 개교하다.

문선씨는 내가 특수학교 보조원으로 일할 때 알게 된 학생이었다. 뇌병변 장애로 휠체어를 탄다. 문선씨로부터 전화가 왔다.

"선생님. 한글 공부하고 싶어요. 받침이 어려워서 자꾸 틀려요."

"쌍받침이 어려운 거야?"

"네. 틀리지 않고 잘 쓰고 싶어요. 휠체어를 타고 갈 수 있는 학교가 없어요."

그 말 한마디가 내 마음을 울렸다. 이를 계기로 2005년 성인 장애인과 늦깎이 학습자를 위한 배움터를 열게 되었다. 집으로 방문하여 수업하니 한계가 있었다. 컴퓨터를 배우고자 하는 장애인이 많다는 것도 처음 알게 되었다.

학습자들과 함께 모여 공부할 곳을 알아봤다. 큰 대로변의 사무실은 보증금과 월세가 비쌌다. 내가 가진 돈은 턱없이 부족했다. 뒷골목을 알아봤지만 만만치 않았다. 수십 군데를 알아보고 돌아다녔다. 마땅한 곳이 없다. 사무실을 알아본다는 소식을 듣고 야학에서 초, 중, 고등 검정고시 합격한 문혜정씨가 제안했다.

"선생님. 사무실 알아본다면서요?"

"네. 공부방 구하고 있어요."

"작은 임대 아파트가 있는데 관리비만 내고 쓰실래요?"

"와, 정말요? 제가 써도 될까요?"

"선생님 좋은 일 하시는 데 제가 도울 수 있는 게 이것밖에 없네요."

"감사합니다. 공부하고 싶은 분들이 언제든 배우러 올 수 있는 공간으로 잘 쓸게요."

임대 아파트를 얻었다는 소문을 듣고 또 다른 검정고시 합격생이 도움을 자처한다.

"선생님, 문이 낡았던데, 깔끔하게 흰색으로 페인트칠해 드릴게요."

고등 검정고시에 합격하고 직업전문학교 선생님을 준비하는 준영 학생이다. 본인 공부하기도 바쁠 텐데 시간을 내어 깔끔하게 마무리해 주었다.

12평 임대 아파트에서 밥상 하나만 덩그러니 놓고 장애인 서넛이 모여 공부를 하였다. 장애인이 공부할 수 있는 곳이 생겼다는 입소문이 났다. 공부하고 싶은 장애인들이 몰려오기 시작했다. 조그마한 거실에 옹기종기 모여 한글 공부를 했다. 한글을 읽는데 쓰기가 안 되는 사람, 한글을 전혀 읽고 쓰지 못하는 사람, 받침 없는 글자만 쓰는 사람. 한 사람, 한 사람에게 최선을 다해 수업했다. 장애인들은 수업 시간에 틀린 글자를 보며 서로서로 가르쳐 주었다.

몇 달 한글을 배우다 보니 컴퓨터도 배우고 싶어 했다. 작은 노트북으로 컴퓨터 수업도 진행하였다.

"성능은 좋지 않지만, 학생들이 컴퓨터 배울 수 있도록 써 주세요."

늘 말없이 옆에서 지원해 주는 지인으로부터 컴퓨터 3대를 기증받았다. 책상과 컴퓨터를 놓으니 더 좁았다. 기초부터 시작하여 한글, 엑셀 등을 통해 컴퓨터 자격증까지 취득하는 학생이 생겼다. 장애인 일자리에 취업하는 좋은 성과가 나타나기 시작했다.

장애인 학습자와 성인 학습자들이 점차 늘었다. 학생 수는 점점 늘어나고 수업을 오전, 오후, 야간까지 해도 다 수용할 수 없었다. 상가를 알아보러 여러 곳을 돌아다녔다. 성원아파트 뒷골목에 자리 잡은 1층깨끗한 상가 하나가 눈에 들어왔다. 15평 되는 작은 상가로 이전을 결정했다. 층간 소음 걱정할 필요도 없다. 이전 개교식을 준비하는데 도움의 손길이 이어졌다. 동네 후배였던 동수씨는 유리창에 선팅 작업과 학교 이름 스티커를 붙여주었다. 김치와 음식을 맛깔나게 준비해 주신 권사님도 있다. 좋은 사람들의 마음과 손길이 차곡차곡 쌓여 학교가 세워졌다.

개교식을 했다. 학교 안에 다 앉을 수 없어 밖에서 기다리는 분들에게 미안했다. 첫 인사말을 했다. 나는 충주열린학교가 설립하게 된 배경과 감사의 인사를 전했다.

"사랑, 나눔, 섬김이라는 교훈 아래 당당한 삶을 위해 행복한 도전을 함께 하겠습니다. 우리 학교는 교실도 없이 개교하여, 임대 아파트로 이전하였습니다. 학생들의 열정적인 수업 참여로 지금 이곳 15평으로 왔습니다. 충주열린학교는 앞으로 30평, 100평, 1,000평으로 이전할 것입니다."

여기저기서 환호성과 박수 소리가 터져 나왔다.

'원고에도 없던 1,000평이라니 내가 미쳤나 보다.'

자비로 학교를 운영하고 있었다. 개교식에서 감동받은 분들이 든든한 후원자가 되었다. 낡은 컴퓨터를 보고 안타까워하면서 컴퓨터를 기증하시는 분도 있었다. 아직 에어컨도, 난방기도 없지만, 우리만의 공간이 생겼다는 자체로 행복했다. 한의원을 퇴근하자마자 달려와 특유의 재치로 영어 수업을 해주시는 박용호 원장님, 특수학교에서 퇴근하고 도와주시는 선생님. 한글부터 검정고시, 컴퓨터, 영어까지 다양한 수업이 자원봉사로 진행되었다. 철저하게 학습자 중심 교육 학교로 발돋움하고 있었다.

문의 전화가 많은 상황에 학교 위치를 설명하기가 어려웠다. '나눔의 집'에 근무하는 김미연 선생님이 남편과 같이 봉사를 하러 오기로 했다.

"성원 아파트에서 첫 번째 골목으로 들어와서 좌회전하면 청수사우나가 있어요. 거기 앞이에요."

"선생님 좌회전 맞나요."

"네. 맞아요."

선생님은 연신 전화를 해서 물어본다. 청수 사우나는 30년 정도 된 곳으로 충주 사람이라면 쉽게 알 수 있는 곳이다. 선생님이 오기로 한 시간이 훌쩍 지났다. 위치만 계속 설명한다. 아무리 찾아도 없다며, 급기야 남편과 싸웠다고 한다. 알고 보니 내가 설명한 반대 방향에서 좌회전하니 못 찾을 수밖에 없었다. 이렇게 찾기 어려운 위치에 있는데도 학생 수는 늘어만 갔다.

　학교를 이전한 지 불과 1년도 안 되어 더 많은 학습자가 모여들고 수업과목이 늘어나 다시 더 넓은 곳을 찾아야 했다. 충주열린학교를 찾아오는 학생들은 배움에 대한 욕구도 커져만 갔다. 한글을 비롯한 배움이 누구에게나 열려있는 학교를 만들겠다는 나의 사명도 커져갔다.
　충주열린학교는 배움에 목마른 사람들에게 샘터가 되어주며 끊임없이 발전하고 있다.

# 2

# 검정고시 합격하고 싶습니다

늦깎이 학습자에게 검정고시 합격은 사법고시에 합격한 것만큼 기쁘다. 검정고시 공부 시작하는 성인 학습자들은 짧게는 30년, 길게는 60년을 벼르고 별러 공부를 시작한다.

20년 문해 교육 현장에 있으면서 단골로 받는 질문이다.
"가장 기억에 남는 학생은 누구예요?"
나는 순자 할머니가 가장 기억에 남는다.

목에 꽃무늬 스카프를 두른 순자 할머니가 기침하며 교무실로 들어왔다.
"안녕하세요? 여기 검정고시 가르쳐 주는 곳인가요?"
"네. 맞아요. 검정고시 공부하고 싶으세요?"
"공부하고 싶은데 제가 할 수 있을까요?"
"검정고시는 초등, 중학, 고등과정 있는데 어떤 과정에 해당해요?"

"초등학교만 졸업했어요. 여자는 살림만 잘하면 된다고 아버지가 학교를 못 가게 했어요."

"용기 내기 어려웠을 텐데 잘 오셨어요."

"제 마지막 소원이 공부해서 졸업장 받는 거예요."

"우리 같이 도전해요. 제가 끝까지 도와드릴게요."

말끝을 흐리며 고개를 숙였다. 하얀 바지 위로 눈물이 뚝뚝 떨어졌다. 나는 재빨리 순자 할머니 손을 잡았다. 어깨를 감싸며 등을 두드린다.

60대 후반인 순자 할머니는 3년 전 유방암 진단을 받고 가슴 절제 수술을 했다. 충격에 휩싸여 세상을 원망했다. 항암치료 끝에 일상생활로 돌아왔지만, 불안감이 커졌다. 무기력증이 찾아왔다. 세상과 단절했다. 모든 것을 포기하며 우울한 시간을 보내다가 시청 공무원 동생의 권유로 검정고시에 도전하기 위해 발걸음을 옮긴 것이다.

순자 할머니는 항암치료 후유증으로 면역력이 떨어져 수업 시간에 잦은 기침과 가래 때문에 힘들어했다. 그런데 공부하기도 힘들 텐데 순자 할머니는 반장을 자처했다. 제일 먼저 등교하여 아무도 모르게 교실 청소를 도맡아 했다. 수업 중 교실에서 큰소리가 났다. 나는 무슨 일인가 달려갔다.

"에어컨 잠깐 끌까요?"

"더워 죽겠는데, 에어컨은 왜 꺼?"

새로 입학한 어르신이 화를 낸다. 처음부터 같이 공부했던 분들은 반장님의 상황을 이해하고 있었지만 새로 입학한 어르신은 덥다고 화부터 낸다.

"선생님 저 때문에 죄송해요."

반장님은 미안해하며 연신 죄송하다고 했다. 같이 공부하는 학우들에게 피해 갈까 봐 늘 노심초사했다. 아프고 힘들었음에도 중학교 과정을 거쳐 고등과정까지 함께했다. 반장님은 그해 충북 최고령으로 중등검정고시에 합격했다.


평생 졸업장 받는 게 소원이었던 순자 할머니에게 졸업식을 준비하며 답사를 부탁드렸다. 반장님은 답사를 준비하며 인생을 돌아봤다고 기뻐했다. 졸업식을 이틀 앞두고 전화가 왔다.

"교장 선생님. 죄송해요."

"무슨 일이세요?"

"저 졸업식에 못 갈 거 같아요."

"반장님 평생의 소원이 졸업장 받는 거였는데…… 무슨 일 있으세요?"

"죄송해요. 꼭 가고 싶었는데, 제가 많이 아파서 병원에 있어요."

"걱정하지 마시고 마음 편히 쉬세요."

울컥거리는 소리만 들린다. 무슨 일인지 알 수 없었다.


졸업식 답사는 다른 분으로 교체 되었다. 그해 졸업식은 합격자가 유난히 많았다. 졸업을 축하하기 위해 남편과 자식들은 물론 손자, 손녀까지 꽃다발을 들고 축하해 주었다. 졸업식은 축제의 장이었다.


나는 학교 큰 행사를 마치면 며칠씩 앓아눕는다. 남들 앞에서는 씩씩하게 뛰어다녀도 끝남과 동시에 긴장이 풀리며 열이 난다. 병원에서 링거도 맞고 쉬고 있는데 학교에서 연락이 왔다.

"교장 선생님, 반장님 돌아가셨대요."

"네? 돌아가시다니요? "

눈물이 앞을 가렸다. 간호사실로 달려가 링거를 빼달라고 했다. 외출증을 끊고 바로 장례식장으로 달려갔다.


나는 환하게 웃고 있는 반장님께 헌화했다. 졸업장과 표창장을 영정 사진 앞에 놓아 드렸다.

"어르신이 그렇게 원하셨던 졸업장이 여기 있어요. 이 졸업장이 뭐라고 목숨과 바꿔야 했나요."

눈물로 한참을 기도했다. 순자 할머니의 아들과 딸 앞에 섰다.

"많이 놀라셨지요? 아픈 줄은 알았지만 이렇게 심각한 상황인지는 몰랐어요."

"어머니는 학교에 가는 것을 제일 행복해하셨어요."

"과학, 수학 과목을 제일 재미있어하셨어요. 공부 그만하라고 말릴 수가 없었어요. 학교에 갔다 돌아오면 아버지한테 공부한 얘기를 들려주며 열심히 하셨어요."

성실하고 마음이 따뜻한 분이었다. 일생의 마지막을 공부와 함께하신 반장님. 졸업식을 앞두고 급성폐렴이 왔다. 병원에 입원하고 며칠 만에 하늘나라로 가셨다.

"우리 먹으라고 김치를 담그셨어요."

"힘들게 대청소까지 하셨어요."

아들과 딸은 고개를 푹 숙인다. 어깨가 흔들린다. 내 무릎 위에도 눈물이 떨어진다. 나는 장례식장에서 돌아왔다. 반장님께 졸업장을 올려 드리는 마음이 비통했다.

"반장님, 하늘나라 대학교에서 공부하고 계세요."

어떤 사람에게는 기억에도 없는 졸업식과 졸업장이다. 그냥 주어지는 평범한 졸업장이 누군가에게는 목숨과도 바꿀 만큼 소중하다. 배우지 못한 한을 풀기위해 공부에 도전하는 분들이 아직도 많다. 나는 아직 만나지 못한 그분들을 생각하며 오늘도 검정고시반 문을 힘차게 열고 들어간다.

# 3

# 한글을 모른당게

평생을 까막눈으로 살아오신 분들에게 글자를 알아 가는 기쁨은
어떤 난관도 두렵지 않게 한다. 물리적인 거리쯤이야 문제 되지 않는다.


양산을 들고 두리번거리며 50대 중반 여성이 교무실로 들어온다.

"한글 가르쳐 주는 곳 맞지요?"

"맞아요. 한글 가르쳐 드려요. 어떻게 오셨어요?"

"한글 배우려고 단양에서 왔어요."

"네? 그렇게 멀리서요?"

"버스 타고 1시간 30분. 충주 터미널에서 택시 타고 왔어요."

"단양에도 한글 배울 곳이 있는데, 단양에 있는 학교 소개해 드
릴까요?"

"제 나이도 젊은데, 한글 모르는 거 사람들한테 알려지면 창피
해요."

"창피하지 않게 도와드릴게요. 성함이 어떻게 되세요?"

"박미자예요."

"미자씨는 한글 배우면 뭐를 가장하고 싶으세요?"

"한글을 알면 식당에서 주문받고 계산대에서 계산도 하고 싶어요."

"지금까지는 주방에서 일하느라 힘들었겠어요?"

"온종일 서서 설거지만 하니 힘들어요."

미자씨는 한글 모르는 걸 들킬까 봐 처음부터 주방일만 했다. 몸이 고단해도 계산대에서 일하는 것은 상상도 못 했다. 한글을 배우기 위해서 집 가까운 문해 학교를 두고 먼 타지로 온 것이다. 미자씨의 사연을 들으니 집은 단양인데 제천에 가서 보리밥식당에서 설거지를 했다고 한다.


미자씨는 한글 공부를 시작했다. 10시부터 시작되는 수업 시간을 맞추기 위해 아침부터 부지런히 움직여야 한다. 새벽 5시에 일어나 아침 밥상을 차린다. 6시에 밥을 먹고 남편이 먹을 점심까지 준비한다. 예쁘게 차려입고 8시에 충주행 버스를 탄다. 버스에서 내려 학교까지 30분을 걸어온다.

"매일 시외버스 타고 오시는 거 힘들지 않으세요?"

"하나도 안 힘들어요. 한글 공부한다는 생각에 새벽에 눈이 번

쩍 떠져요.”

“버스비도 많이 들텐데요?”

“선생님 저 돈 하나도 안 아까워요.”

“학교 오는 데 시간이 오래 걸리잖아요.”

“시간도 안 아까워요.”

“미자씨 대단하세요.”

“진작 배웠으면 서러움도 안 당했을 텐데…….”

미자씨는 한글을 배워 초등 학력 검정고시에 도전하여 합격했다. 합격증을 품에 안고 뛸 듯이 기뻐하는 모습을 보며 덩달아 가슴이 뭉클해졌다. 2년 동안의 노고와 땀의 결실이었다.


“선생님 저 초등학교 급식실에 취업했어요.”

“어머, 축하드려요.”

“다 선생님 덕분이에요. 초등학교 졸업장이 없었으면 시도도 못 했을 거예요.”

이렇게 자신의 삶을 하나둘씩 희망차게 바꾸어 가는 사람들에게 도움이 되고 있다는 사실이 흐뭇한 하루다.

깔끔하게 차려입은 60대 남성이 교무실 안으로 들어온다.

“안녕하세요. 어떻게 오셨어요?”

“한글 받침을 틀려서 친구들한테 놀림 받은 적 있어요. 제대로 써보고 싶은데, 여기서 가르쳐 주나요?"

"잘 오셨어요. 차 한 잔 드실래요?"

"괜찮아요. 문경에서 왔어요."

"문경에서요? 우리 학교는 어떻게 알고요?"

"차 운전하고 충주시청에 오면서 많이 봤어요."

"운전할 수 있으세요?"

"운전면허는 필기시험 스무 번째 붙었어요."

"한글을 어느 정도 아는지 테스트 먼저 해볼게요."

"저는 기초반부터 배우고 싶어요."

"운전면허 따실 정도면 기초반은 아닌 거 같은데요?"

"그건 억지로 딴 거예요. 잘 몰라요."

명수 할아버지는 문경에서 충주까지 한 시간 거리를 빠짐없이 출석했다. 받아쓰기는 늘 80점 이상 받았다. 3년. 왕복 두 시간씩 다닌 끝에 교육청에서 주는 정식 초등학교 졸업장을 받았다. 졸업장 덕분에 바로 취업이 되었다.


한글을 배우기 위해 멀리서 오는 많은 분을 생각한다. 배움의 열기로 가득한 교실을 보면서 한 분 한 분의 인생을 들으며 삶을 배워간다. 오늘도 당당한 삶을 위한 행복한 도전은 계속된다.

배움에 대한 열망은 물리적 거리의 한계를 뛰어넘는다.

# 글쓰기

---

한글을 배우는 사람에게 글쓰기는
건강한 삶을 살아 낼 수 있는 원동력이 된다.

문해 교육 현장에서 이십 년을 함께했다.

춘자 할머니 남편은 전기 제품을 고치는 기술자다. 행상으로 팔도를 다닌다. 한 달에 한 번 집에 들렀다. 집으로 남편의 편지가 오는 날이면 창피함을 무릅쓰고 이장님 댁으로 달려갔다. 이장님이 읽어 주는 편지를 들으며 그리움을 삭였다. 첫째 딸 영희가 다섯 살 때 일이다. 밤새 기침을 했다. 눈만 말똥말똥 뜨고 있는데 무섭기도 하고 서러워 눈물만 흘렸다. 남편한테 연락할 길이 없어 막막했다. 가진 건 없어도 아이들은 잘 성장하였다. 아들, 딸 출가시키고 알콩달콩 둘이 재밌게 살아보려 했다. 그러나 춘자 할머니 남편은 병원 한 번 못 가본 채 심장마비로 손 쓸 사이 없이 떠났다.


"춘자 할머니는 한글 배우면 제일 하고 싶은 게 뭐예요?"

"하늘나라에 있는 영감한테 편지 한번 써보고 싶어요."

춘자 할머니는 학교에 입학할 때 표정이 어두웠다. 그러나 한글을 배운 지금은 노래도 부르며 환하게 웃는다.

"선생님, 저는 지금이 제일 행복해요."

"네, 어떤 부분에서요?"

"영감이 그리울 때도 있지만, 이렇게 편지를 쓸 수 있어 좋아요."

"할머니, 왜 남편분을 영감이라고 부르세요?"

"시부모님이 '여보'라고 못 부르게 했어요. 손도 못 잡게 하고요."

"아, 그래서 할머니가 남편분한테 애틋하셨군요."


춘자 할머니는 나날이 한글 실력이 늘어갔다. 매일 일기도 써왔다. 이 년 동안 결석 없이 학교에 다닐 정도로 열심이었다. 그런데 어느 날 새벽 기도 가던 중 교통사고를 당했다. 병원에 입원하고 퇴원 후에도 한참 치료 끝에 등교했다.

"선생님, 얼마나 보고 싶었는지 몰라요."

"저도요, 일 년이나 기다렸어요."

"병원에서 매일 학교 갈 생각만 했어요."

"다시 재밌게 공부 시작해요. 다시는 아프지 마세요."

투병으로 학교를 쉬었다가 학교에 다시 나오는 경우는 흔치 않다. 춘자 할머니가 다시 나왔을 때 더 고맙고 반가웠다.

일흔의 춘자 할머니는 한글을 배우며 마음의 한을 글로 풀어 냈다. 특히 시와 편지글을 잘 썼다. 전국문해 시화전 대회에 춘자 할머니 작품을 출품하고 싶어 숙제를 냈다.

"오늘 숙제는 시 쓰기예요."

"시? 어떻게 써요? 쓸 말도 없어요."

"평상시 쓰고 싶은 이야기 써 오시면 돼요."

"영감한테 써도 돼요?"

"그럼요. 편하게 써 오세요."



오늘 밤 꿈에서라도

-춘자-


'여보'라고 한번 불러 보지 못하고

사랑한다고 손 한번 잡아보지 못했던 영감님

70여 년을 배운 것도 없고 가진 것은 더 없어도

나를 아껴주고 사랑해 주던 당신에게

글 배워 제일 먼저 편지를 쓴다오.


영감님 객지로 돈 벌러 나가면

이제나저제나 오기만 기다리다가 어느 날

영감님의 편지를 보니 반갑긴 한데

뭐라고 쓰여 있는지 몰라 창피함을 무릅쓰고

이장님께 달려가야만 했지요.


큰딸이 늑막염으로 입원해서

눈만 말똥말똥 뜨고

밤새 기침하며 다 죽어 갈 때

무섭기도 하고 서럽기도 한데

당신에게 연락할 길은 없고

지금도 그때 생각만 하면 눈물이 나요


어렵고 힘든 과정을 함께하고

이제 알콩달콩 살아보려고 했는데

갑자기 심장 수술을 하게 되어

사랑한다고 고맙다고 말할 기회도 주지 않고

매정한 당신은 하늘나라로 떠났지요.

오늘따라 8년 전 하늘나라로 떠난
당신이 정말로 너무너무 보고 싶구려!
그나마 열린학교를 만나 글을 깨우쳤으니
하늘나라 계실 영감님께 편지를 쓴다오.

영감님 이제 나도 편지 읽을 수 있으니
오늘 밤 꿈속에서라도 답장을 주시구려.

춘자 할머니는 전국문해 백일장에서 우수상을 받았다. 공부에
대한 열정은 건강하게 살아 낼 힘이 된다. 나 역시 그분들의 열정
으로 다시 뛸 힘을 얻는다.

# 5

## 자서전 써 볼까요

한글을 배워 자신의 이야기를 글로 풀어내는
자서전 쓰기는 과거 상처를 치유한다.


전국경제인연합회 산하 한국경제연구원의 분석에 의하면 50년간 우리나라의 저출산 및 고령화 속도가 경제협력개발기구(OECD) 37개국 중 가장 빠르다고 한다. 우리나라는 평균 수명이 증가하면서 고령화 사회로 진입하였다. 독거노인도 증가하고 있다. 노인들은 여가 활동으로 TV를 시청하거나 집안일을 하면서 주로 시간을 보낸다.

내가 운영하는 충주열린학교에 우울감을 호소하는 노인이 많아 안타까웠다. 어르신 대상으로 자서전 쓰기를 기획했다.

"내 얘기를 글로 쓰면 열 권은 될 끼여."

"맞아요. 우리 자서전 한 번 써 볼까요?"

"한글도 잘 모르는데 시려."

손사래를 치면서도 얼굴에는 기대감으로 웃음이 피어난다. 한글을 배우는 어르신들의 소원. 자신의 이야기를 책으로 내는 것이다. 열 분을 선정하여 자서전 쓰기 프로젝트를 진행했다.

어린 시절을 떠올리면 가장 기뻤던 기억은?

어린 시절을 떠올리면 가장 슬펐던 기억은?

공부를 할 수 없었던 이유는?

공부를 다시 시작한 계기는?

꼭 해보고 싶은 일은?

이런 질문 50개를 더 만들었다. 숙제로 써 오라고 했다. 어르신들과 자서전 쓰기를 기대하며 꿈에 부풀었다. 다음날 숙제를 했다며 가져온 질문지에는 질문 하나에 겨우 한, 두 줄이 다였다. 어르신들이 어떻게 하면 자서전을 쓸 수 있을까? 고민에 빠졌다. 처음부터 글로 쓰는 것은 무리라 판단됐다. 한글을 겨우 떠듬떠듬 읽고 쓰는 분들이 자서전을 쓴다는 것은 나의 욕심이었다.

질문지 쓰기에서 인터뷰 방식으로 변경했다. 무선 녹음기를 보러 다녔다. 어르신들이 녹음기를 보고 위화감이 느끼지 않을 정도의 아담한 크기로 선택하여 삼성 제품으로 두 대 구매했다. 질문하면 대답하는 방식이다.

"한글 배우고 나서 가장 좋은 점이 뭐예요?"

"다 좋지."

"특히 더 좋은 것 말씀해 보세요."

"동사무소에서 내 이름 떳떳하게 쓰는 게 제일 좋아."

"동사무소 말고 다른 것 좋은 점 있으세요?"

"은행에서 내 이름 쓰고 돈 찾을 때 좋아."

"공부 못 배운 계기를 말씀해 보세요."

"여자는 살림 밑천이라며 일만 시켰어."

"어떤 일을 주로 하셨어요?"

"동생을 업고 밭일에 집안일에 새벽부터 밤늦도록 일만 했어."

"많이 힘들었지요?"

"아버지가 열두 살 때 식모살이를 보냈어."

"열두 살에요?"

"공부시켜 준다고 해서 갔지."

"드디어 학교에 다니게 됐어요?"

"아니. 학교는커녕 죽어라 일만 더 시켰지"

"그래서 공부할 기회를 놓쳤어요?"

"그려, 지금이라도 이렇게 배우니 얼마나 좋은지 몰라."

어르신들은 자신의 마음을 정확하게 표현하지 않는다. 한글 모르는 거 들킬까 봐 그저 남편이 하자는 대로, 옆집에서 하는 대로 따라 하는 것에 익숙하다.

첫 번째 자서전 쓰기 프로젝트는 열 분의 이야기다. 한 어르신 당 다섯 장 분량으로 자체 제작하였다. 책을 제본하여 출간기념회를 열었다. 자신의 글이 책으로 나온 것만으로도 뿌듯해하고 신기해했다. 첫 자서전 쓰기 공동 프로젝트는 마무리되었다.

10년이 훌쩍 지나서야 두 번째 자서전 쓰기 프로젝트를 시작했다. 어르신들이 자신의 이야기를 쉽게 표현할 매개체를 찾았다. 사진을 이용하는 것이었다. 10개월간 진행되었다. 어릴 때부터 현재까지 찍은 사진을 가져오게 했다.

"사진 속에 무슨 속상했던 일이 있었나 봐요?"

"우리 영감이랑 같이 찍었던 사진이에요. 영감이 치매에 걸리더니 이 남자 누구냐고 묻는 거예요. 나에게 바람났냐고 소리소리 지르며 화를 냈어요."

"어머니, 속상했겠어요."

"할 수 없이 영감 사진을 잘라내서 이렇게 나만 있어요."

명숙 할머니는 사진을 보고 울고 있었다. 두 분이 나란히 찍었던 사진이었는데 남편 사진은 잘라 반쪽만 남게 된 사연이다. 열 분의 어르신들과 자서전 프로젝트를 진행하며 눈물 속에 용서와 미안함, 그리움을 보았다. 자신의 과거로 돌아가 그때의 일을 마주하는 것은 아픔과 상처였다. 글을 몰라 아들한테 숙제 한 번 제대로 못 봐주었던 일을 미안해했다. 남편한테 무조건 내가 옳다고 고집부렸던 일을 생각하며 눈물을 흘렸다. 글을 모르고 살아온 세월이 불행했지만, 한글을 배워 자서전을 쓰는 지금이 가장 행복하다고 고백했다. 이제 과거를 용서하고 자신을 사랑할 수 있게 되었다. 자서전 쓰기를 통해 상처를 치유하게 된 것이다. 이런 사연들이 모여 사진으로 쓰는 자서전이 탄생하였다.

사진으로 쓰는 자서전 출판기념회를 열었다. 출판된 책은 도서관, 지역 아동센터, 장애인 복지관 등에 기증되었다. 첫 개강식부터 프로그램이 진행되는 동안 언론의 관심을 한 몸에 받았다. 국가평생교육진흥원이 주관하는 전국 성과 공유회에서 발표하여 1등을 차지하게 되었다.

늦깎이 학습자의 자서전을 함께 출판한다는 것은 내겐 큰 행운이었다. 자서전은 단순히 인생을 나열한 책이 아니다. 한글을 모르고 인생을 살아 낸 지혜와 희로애락이 담겨있다. 개인의 역사이자 치유 시간이다. 자서전 쓰기는 문해학습자들과 내가 감사함을 깨닫고 또 한 번 성장하는 계기가 되었다.

# 6

# 감자꽃 중창단의 기적

감자꽃 중창단의 기적 -
내 삶을 주인으로 살기. 세상의 주인공으로 살기.


한글을 배워 자신의 이야기를 시로 쓴다. 곡을 붙여 세상에 하나뿐인 노래로 탄생한다. 그 노래를 부르면 세상의 주인공이 된다.

충주열린학교에서는 평균연령 70대인 어르신들이 한글을 배운다. 처음 하는 말들은 무조건 '이건 못해요.' '저것도 못 해요.' 늘 자신감 없다. 어떻게 하면 자신감과 당신의 인생들을 찾아 드릴 수 있을까, 고민하던 끝에 어르신들의 삶을 노래로 풀어보는 것을 생각했다.

중창단의 이름을 짓기 위해 충주에서 음악으로 봉사 활동을 하는 루체레 중창단 어혜준 단장과 의논했다. '감자꽃 중창단'으로 결정지었다. 충주의 독립운동가인 권태응 시인의 '감자꽃' 시에서 그 이름을 빌려 왔다. 권태응 시인의 뿌리 깊은 삶의 모습을 통해 우리 어르신들도 당신들의 지나온 삶에 자신감을 가졌으면 하는 바람으로 그 이름이 적절했다. 충주 문화예술의 중심이 되기를 소망하며 쉽지 않은 발걸음을 떼었다.

한글도 잘 모르는 70대의 어르신들이 악보를 읽는다는 것은 매우 어려운 일이었다. 박자를 알려드리기 위해 야구공을 하나둘, 하나둘, 옆으로 돌려 가며 감을 익혔다. 손뼉을 치기도 하고, 온몸을 사용하여 박자를 배워 나갔다. 그렇게 2019년 3월 '감자꽃 중창단'이 창단되었다.


시간이 갈수록 조금씩 중창단의 모습을 갖추어 나갔다. 감자꽃 중창단만의 특별함을 찾기 위해 고민하다가 우리 어르신들이 직접 쓴 글에 곡을 붙여 보기로 했다. 세상 어디에도 없는 어르신들만의 삶을 노래로 만든 것이다. 글자를 배운 지 얼마 안 되는 분들이 자신의 삶을 시로 쓴다는 것은 힘들었다. 여러 편의 시도 읽어 보고, 좋은 노랫말을 노래로 불러 보았다. 다른 사람의 삶이 아닌, 자신들이 살아왔던 삶을 글로 표현하기 시작했다. 몇 편의 글을 추려서 가사를 썼다. 그 가사에 서울시립합창단과 원주시립합창단 상임지휘자인 정남규 교수님 외 여러 작곡가가 곡을 붙여 여섯 곡의 노래가 만들어졌다. 2019년부터 2022년, 4년 동안 매년 새로운 노래 6곡을 만들고 있다. 충주열린학교에서 한글을 깨우친 어르신들이 작사한 감자꽃 중창단의 노래가 스물네 곡이 완성되었다. 노래를 처음 배울 때 목소리와 몸은 떨리지만, 마음만은 십 대 소녀로 돌아간 것처럼 행복하다고 말하는 어르신들을 보며 덩달아 행복했다.

감자꽃 중창단은 매주 금요일에 모여 세 시간 동안 글을 쓰기도 하고 노래 연습도 한다. 처음에는 수줍어 입만 겨우 벙긋하던 어르신들이 점점 자신감이 생기며 목청껏 노래를 부르게 되었다.

드디어 첫 번째 공연 섭외가 들어왔다. 창단된 지 3개월 만의 일이다. 과연 잘할 수 있을까 하는 불안한 마음과 무대에 선다는 설렘이 교차했다. 어르신들은 공연을 앞둔 이 주 전부터 매일 모여 연습하였다. 어르신들은 힘들어했지만, 열정만큼은 젊은 사람들 못지않았다. 지휘자 정성이 배가 되어 순조롭게 공연을 준비했다.

첫 공연은 충주의 문해학습자들의 축제인 '문해 학습자 나들이'에서의 식전 행사였다. 우리 단원들은 충주 호암예술관에 모인 관람객 250여 명 앞에서 얼마나 떨었는지⋯⋯. 서로 손을 꼭 잡고 기도하는 분, 물을 찾는 분, 급히 화장실로 가는 분 등 분주하게 움직였다. 이 상태로 어떻게 공연을 마칠 수 있을지 막막하기만 했다.

빨간 반팔티에 검정 바지를 단체로 맞춰 입은 스무 명의 어르신들은 경직된 모습으로 무대에 올랐다. 반주가 시작되고 그동안 연습했던 대로 오른쪽, 왼쪽 가볍게 몸을 움직이는 율동과 함께 드디어 합창이 시작되었다. 첫 공연은 우리 가사로 만든 노래가 없었기에 '내 나이가 어때서'와 '홀로 아리랑'을 불렀다.

방청객들의 박수와 환호가 한동안 쏟아졌다. 우리 감자꽃 중창단 어르신들이 드디어 해냈다. 마치 구름 위를 걷는 것처럼 들떠 있었다. 많은 관중들 앞에서 우리 감자꽃 중창단 어르신들의 공연은 비문해 학습자에게 희망과 용기를 주었다. 그들에게 무엇이든 할 수 있다는 자신감을 주기에 충분했다.

첫 공연을 성공리에 마치고 자신감을 얻은 감자꽃 중창단은, 전국 노래자랑이 충주에서 열린다는 소식에 선뜻 출연 신청을 했다. 연습을 이어나갔다. 예선을 앞두고 밤잠을 설쳐 가며 무대에 오르기만을 기다렸다. 예선 당일 한껏 부풀어 오른 우리 단원들은 다른 팀들이 하는 것을 보며 자신만만했다. 세 시간을 기다린 끝에 드디어 무대에 올랐다. 막상 무대에 서니 자신감은 온데간데없고 모두 얼어 버렸다. 첫 소절부터 불협화음에 가사는 다 잊어버리고, 음은 하나도 맞지 않았다. 예선 탈락이다. 충격이 컸다. 단원들은 다시는 노래를 안 한다고 했다. 감자꽃 중창단 해체 위기다.

"어르신, 우리 다시 중창단에서 노래해요."

"텔레비전 나온다고 동네방네 소문 다 냈는데, 떨어져서 남사 시러워 노래 못혀."

"더 열심히 해서 다음에 꼭 나가면 되죠. 우리 같이 연습해서 나가요."

"선생님이 책임지고 나가게 해줄 거야?"

"그럼요. 제가 책임질게요."


언제나 숨어만 있었던 어르신은 회를 거듭할수록 자신을 밖으로 드러내었고, 글을 쓰고 노래를 부르며 그동안의 배우지 못한 서러움과 아픔을 치유하기 시작했다. 감자꽃 중창단을 지속해서 지켜가기 위해 정기 공연을 기획하였다. 2019년 11월 [충주열린 학교 '감자꽃 중창단']의 첫 정기 공연을 충주 시민과 함께 음악 창작소에서 열게 되었다.

정기 공연인 만큼 드레스를 맞추어 입자는 의견들이 있었다. 생애 처음 입어 보는 화려한 빨간 드레스를 입었다. 환하게 웃는 얼굴과 수줍어하는 모습이 어우러졌다. 무대라는 곳에서 본인이 주인공이 되어 조명을 받으며 노래를 부르기 시작했다. 객석에서는 그 모습을 바라보면서 눈물을 흘리시는 분들도 있었다. 본인의 마음을 담은 노래를, 이 세상에 하나밖에 없는 노래를, 무대에 서서 노래를 부르는 모습이 자랑스러웠다. 가수처럼 잘 부르지 않아도 마음으로 부르는 노래에 객석에서도 우렁찬 박수가 터져 나왔다.

감자꽃 중창단이 직접 만든 노래는 2019년에 CD로 제작되었고, 2020년은 영상제작과 유튜브로 공유하였다. 2021년은 다큐멘터리를 제작하였으며, 2022년은 노래와 더불어 피아노까지 배워 연주하고 있다. 2022년 10월 9일 한글날을 기념하여 KBS 열린 음악회 팝핀현준, 박애리와 함께 공연했다. 전국노래자랑에 예선 탈락했던 설움을 전국으로 방영되는 열린 음악회 프로그램에 출연해 한을 풀었다. 어르신들과의 약속을 지킬 수 있었던 것은 열정을 다한 어르신들과 이들을 성심껏 지도해준 어혜준 지휘자와 우리 중창단을 도와준 모든 분들과 하나님의 은혜가 있어 가능했다.

감자꽃 중창단의 기적은 계속된다. 한글을 배워서 시를 쓰고, 감자꽃 중창단에서 노래 부른다. 내 삶에 주인으로. 세상의 주인공으로 당당하게 살아가는 어르신들께 오늘도 나는 삶을 배운다.

# 7

# 퉁퉁퉁 시니어 연극 전성시대

글자를 모르고 까막눈으로 50년을 살아온 어르신들의
속마음을 어떻게 표현할 수 있을까?

자신의 이야기를 연극으로 풀어내는 프로그램을 기획했다. 웰다잉 전문가를 찾았다. 충주에서 100년 평생학습 교육원 최형숙 대표다. 책을 3권이나 출간한 작가이며 기업 강의 전문가다. 대학원 후배이기도 했다. 전화로 점심 약속을 했다.

"프로그램을 기획하고 있어요. 어르신들이 주눅 들어있고 힘들어하는데 당당하게 자신을 표현할 방법이 있을까요?"

"연극을 매개로 해서 자신의 이야기를 풀어내는 것도 좋을 것 같아요."

"어르신들이 연극을 할 수 있을까요?"

"그럼요. 대본에 매이지 않고 입말로 하면 돼요. 예산은 얼마나 돼요?"

"지금은 없고요. 공모사업에 신청서를 써서 예산 받으면 하려고요."

"공모사업 잘됐으면 좋겠네요."

국가평생교육진흥원에서 주관하는 공모사업에 신청서를 썼다. '통통통 시니어 연극 전성시대'로 프로그램 이름을 정했다. 어르신들이 연극에 어떻게 참여할 것인가를 고민했다. 웰다잉에 연극을 더했다. 집단 상담과 힐링을 포함했다. 충주에서 유일하게 공모사업에 선정됐다.

2022년 3월 개강식을 했다. 어르신들은 처음 시작하는 연극에 호기심을 보였다. 살아온 이야기를 풀어놓기 위해 공감대 형성부터 시작했다. 가벼운 웃음으로 시작해 박장대소로 끝났다. 매주 목요일 수업이 진행됐다. 두 번째 수업을 앞두고 있었다. 강당에 모였다. 한 학생이 조심스럽게 말을 꺼낸다.

"연극은 재밌는데 내 얘기하는 거 싫어요."

"맞아요. 한글도 모르는데 우리가 어떻게 연극을 해요?"

웅성거리며 한마디씩 한다.

"내 얘기를 하는 게 부담스러울 수 있어요. 그렇지만 마음속에

담아 두지 마시고 꺼내 놓아야 치유될 수 있어요."

자신의 이야기를 맘껏 꺼내 놓을 수 있는 환경을 만들어 주어야 했다. 그러기 위해 결과 보고서를 쓰기 위해 수업장면 사진을 찍어야 하는 것을 중단했다. 주 강사와 보조강사만 제외하고 연극 수업 출입을 금지했다. 비밀 보장을 약속하고 자신의 이름이 아닌 닉네임을 만들었다. 동물 옷을 입었다.

연극은 6개월간 진행됐다. 10월 충주열린학교 강당에서 첫 공연을 했다. 관객은 교사와 학생이다. 박수로 무대를 열었다. 예쁜이는 호랑이 옷을 입었다. 도깨비 앞에서 호랑이가 되어 꼭꼭 숨겨두었던 남편의 이야기를 풀어놓았다.

도깨비는 노래를 부르며 비틀거리며 들어왔다. 호랑이는 도깨비를 째려봤다.

"또 술 마셨구먼. 새 옷 입히면 뭐 해. 옷에 다 토하고 언제까지 술만 먹을 거여?"

"남자가 사업하다 보면 술도 마실 수 있지. 왜 그리 큰소리여?"

"술 때문에 내가 못 살아."

"내가 술 마시고 힘들게 해도 옆에 있어 줘서 고마워."

"이젠 술 안 먹겠다고 약속해."

"내가 술 줄여 볼게. 당신이 고생한 거 다 알아. 당신밖에 없어."

처음 보는 공연이었다. 호랑이의 말에 객석에서는 '내 남편도 그런데'라는 말이 들려왔다.

토끼, 돼지 순서대로 공연은 계속됐다. 어르신들의 깊은 속마음을 처음 들었다. 나는 차마 더 들을 수 없어 밖으로 뛰어나갔다. 마음을 진정시키기 위해 심호흡을 하고, 다시 공연장으로 들어갔다. 여우가 말하고 있었다.

"아부지는 아들 못 낳는다고 엄마를 때리고, 우리한테 왜 그렇게 무섭게 했어요. 아부지 목소리가 들리면 오줌 누다가 뚝 끊고 사시나무 떨듯 떨었어요."

"내가 아들이 없어 그랬지."

"아부지 때문에 내가 불안증에 걸려 얼마나 고생했는지 알아요?"

"여우야 미안해. 내가 지금까지 살 수 있었던 건 너 때문이었어."

여기저기서 훌쩍거리는 소리가 들렸다. 우리 학교 직원인 심 선생님은 사진 찍다 말고 밖으로 나갔다. 오 선생님은 학생들에게 휴지를 나누어 주었다.

모든 출연진이 나와 관객에게 인사했다. "앙코르, 앙코르." 함성과 박수는 계속됐다.

무대 정리가 끝난 후 최형숙 대표와 마주 앉았다.

"우리 어르신들이 이렇게 잘하는지 몰랐어요. 사연 들으니까 눈물이 나서 잠깐 나갔다 왔어요."

"선생님이 사연을 알고 있어서 더 그럴 거예요. 속 얘기 꺼내기가 쉽지 않아요."

"맞아요. 힘든 얘기 꺼내기가 쉽지 않았을 텐데, 잘 풀어냈어요. 마음의 응어리를 풀어낸 어르신들이 한층 밝아졌어요. 대표님 덕분이에요. 감사합니다."


'통통통 시니어 연극 전성시대' 두 번째 공연이 있었다. 충주시립도서관 시청각실로 장소를 정했다. 큰 공간에 공연 시설을 갖춘 곳이다. 이번에는 유튜브 촬영까지 한다. 어르신들은 학교 강당과는 다른 정식 무대를 보고 덜덜 떤다. 서로 등을 토닥여 주며 '할 수 있다'라고 응원한다. 호랑이가 먼저 무대에 섰다. 막상 무대에 올라가니 1차 공연 때보다 훨씬 자연스럽게 말했다. 애드리브를 치며 발표했다. 공연이 끝나고 단체 사진을 찍었다. 속이 시원하다고 했다. 이제는 고개를 들고 가벼운 마음으로 살 수 있다며 홀가분해 했다.

어르신들은 자신의 아픈 상처를 꺼내기도 전에 눈물부터 흘렸다. 억울해서, 분해서 모든 것을 자신의 탓으로 돌리며 한탄했었다. 연극을 통해 이야기를 풀어놓았다. 남편 이야기, 시어머니 이야기, 아버지 이야기. 아픈 이야기를 꺼낼 때마다 울었다. 같이 앉아 있던 친구들도 눈물을 흘렸다. 자연스럽게 집단 상담으로 이어졌다. 점점 표정이 밝아졌고 자신의 의견을 당당히 말할 수 있는 용기도 생겼다.

사람은 표현의 동물이다. 얼굴로, 글로, 말로 표현하면 가벼워진다. '통통통 시니어 연극 전성시대'는 자신을 표현하는 마중물이 되었다.

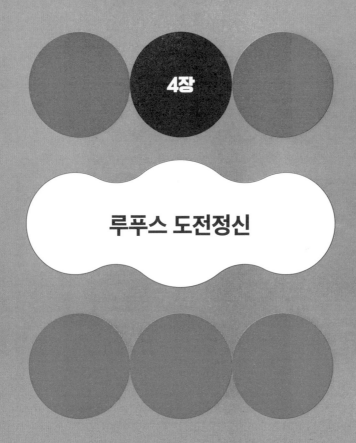

**4장**

루푸스 도전정신

# 열이 펄펄 끓어오른다

열이 펄펄 끓어올라도 나는 평생 교육사 자격증 공부를 2년 동안 계속했다. 2012년 드디어 평생 교육사 2급 자격증을 취득했다.

내가 운영하는 비영리민간단체인 충주열린학교는 12개의 평생 교육프로그램을 운영한다. 한글부터 검정고시 초, 중, 고등과정, 영어, 컴퓨터, 문화예술교육 등이 주프로그램이다. 성인 학습자의 평생교육 프로그램 수요가 늘고 있다. 프로그램 기획을 체계적으로 공부하고 싶어 평생 교육사 자격증에 도전했다. 아무리 바빠도 검정고시 수업만큼은 빠지지 않았다. 충주구치소와 육군 장병부대 검정고시반 총 관리와 수학 수업도 했다. 오전과 오후, 야간까지 매일 시간을 점검하며 움직였다.

며칠째 열이 39도를 오르락내리락한다. 머리까지 지끈 지끈 아프다. 폐렴으로 원주기독병원에 다시 입원했다. 주치의 선생님은 건강검진과 신장 조직검사를 권했다. 조직검사를 위해 기침을 참으며 검사실 문을 열었다. 침대 하나가 덩그러니 놓여있다. 보호자도 없이 혼자 하는 검사라 떨렸다. 의사 선생님 두 분이 침대 양옆에 섰다. 등이 보이게 엎드렸다. 기침이 연달아 나왔다.

"호흡 크게 한 번 하세요. 자 이제는 숨 참으세요."

"선생님 숨을 참으려 했더니 기침이 나요."

"기침하면 다른 조직이 떼질 수 있으니 조금만 더 참아 보세요."

"마취는 언제 하나요?"

"조직검사는 마취 없이 하는 거예요. 숨만 잘 참으시면 돼요."

"기침이 계속 나서 숨 참는 게 어려워요."

숨을 크게 들여 마셨다가 참기를 몇 번 반복했다. 윙~칙칙. 호흡을 멈추자 소리가 크게 들렸다. 기계가 신장 조직을 2개 떼어냈다.

"절대 움직이지 마세요. 모래주머니 위에 하루 동안 기대고 있어야 지혈이 돼요."

등 뒤에 모래주머니가 있다. 한 자세로 오래 누워있으면 몸이 굳어지는 것처럼 아프다. 가만히 누워만 있으려니 온몸이 쑤셔온다. 잠깐 반대 방향으로 누웠다. '이제 좀 살 것 같네.'라고 생각하는 순간 간호사가 쫓아왔다.

"움직이시면 어떡해요?"

"온몸이 아파요. 잠깐만 자세 바꾸면 안 될까요?"

"안 돼요. 지혈이 안 되면 더 고생해요."

"진통제 좀 주세요."


회진 시간 의사 선생님은 심각한 표정으로 나를 보고 있다.

"신장 조직검사 결과가 안 좋아요. 신장 기능이 20%밖에 안 남았어요."

"네? 20%요?"

"더 나빠지면 투석해야 해요."

"선생님 투석 말고 다른 방법은 없을까요?"

"주사 치료를 시작해야겠어요."

나는 의사 선생님 입만 바라봤다. 어떤 말을 하실까 조마조마하다. 바쁘다는 핑계로 몸을 혹사한 걸 후회했다.

항암 주사 사이톡산 치료를 시작했다. 하루 전에 입원해서 주사 맞고 다음 날 퇴원하면 된다. 수분공급을 위해 식염수를 먼저 맞았다. 신장에 무리 주지 않기 위해 사이톡산 주사를 천천히 들어가도록 했다. 병실에 누워있어도 충주열린학교 생각만 났다. 내가 하던 수학 수업은 잘 대처하고 있을까, 상담 전화는 누가 받고 있을까, 퇴원하자마자 학교로 달려가고 싶다. 이런저런 생각에 밤 잠을 설쳤다. 무사히 주사를 다 맞았다. 간호사는 물을 충분히 마시라고 했다. 생각보다 매스껍거나 어지럽지는 않았다.

다음날 일찍 일어났다. 벌써 학교에 출근할 생각에 분주하다. 서둘러 퇴원 절차를 밟았다. 집으로 가기 위해 내 차에 올랐다. 병원 정문을 나서자 갑자기 어지럽기 시작했다. 큰 사거리에서 좌회전했다. 신호를 한 번 더 지나고 갑자기 구토가 올라왔다. 4차선 도로에 급히 차를 세웠다. 창문을 열고 구토를 여러 번 했다. 병원으로 전화를 했다.

"사이톡산 주사 맞고 퇴원했는데, 다 토했어요. 어지러워요."

"병원으로 바로 오세요."

"보호자는 어디 계세요?"

"없는데요."

"보호자 있어야 입원이 돼요."

'퇴원하는 길에 다시 입원이라니……'

길가에 차를 세워두고 119를 불렀다. 아빠한테 보호자가 필요하다고 전화했다. 119를 타고 병원에 오면서도 연신 구토를 했다. 어지러운 것보다 병원에 혼자 입원할 수 없다는 사실이 더 힘들었다. 응급실에 혼자 누어 천장을 봤다. 기다림에 지쳐 갈 때 아빠가 왔다. 드디어 병실로 옮겼다. 다음 날 일어나보니 베개가 시커 멓게 머리카락으로 덮혀 있다. 오한과 메스꺼움이 지속되었다. 오후가 되니 눈꺼풀이 무거워 도저히 눈을 뜰 수 없다. 힘든 시간을 보내고, 이틀 후 퇴원했다.

"앞으로 4주 간격으로 항암 주사 치료를 계속할 거예요."

"4주에 한 번이요?"

"네. 잘 드시고 건강관리 잘하세요."

첫 항암 주사 사이톡산은 메스꺼움과 오한이라는 경험을 남겼다.

항암 주사 부작용으로 열이 나거나 병원에 입원해도 공부를 멈추지 않았다. 병원에 입원한 일 외에는 내가 가르치는 검정고시 수학 수업도 빠지지 않았다.

충주열린학교는 2013년 충청북도교육청이 지정하는 학력 인정기관으로 충북에서 최초로 지정되었다. 학력 인정기관은 평생교육법 제40조에 따라 일정 시간 이상 문해 교육프로그램을 이수하면, 우리나라 의무교육인 초·중 과정의 학력을 인정받을 수 있는 제도이다.

내가 아파도 공부를 멈추지 않은 결과이다.

# 2

## 연탄불의 사랑

연탄불은 사랑이었다.
없는 시절 서로에게 의지와 온기가 되었다.


2011년 겨울, 충주열린학교는 배움의 열기로 가득하다. 학교를 운영하면서 가장 힘든 계절은 겨울이다. 무더위가 가시고 선선한 바람이 불어오는 가을이 오면 겨울을 어떻게 보내야 할지 걱정이 앞선다. 우리 학교는 북향이다. 햇볕도 들어오지 않는다.

교실은 항상 춥다. 학생들은 어깨를 움츠리고 공부한다. 그래서 항상 어깨가 아프다고 한다. 지난겨울은 기름 난로 하나로 간신히 버텼다. 다시 겨울이 다가왔다.

추운 교실에서 검정고시 공부했던 향례 어르신은 우리 학교의 어려운 사정을 알고 주물 연탄난로를 직접 학교에 가져다주었다.

"선생님, 학교에 차가 없어서 제가 직접 가져왔어요."

"어머, 어르신 감사해요. 덕분에 올겨울은 따뜻한 교실에서 공부할 수 있겠어요."

"제가 선생님 덕분에 졸업한 것도 감사한 데 이렇게 도울 수 있어 저도 기뻐요."

"후배들에게 어르신 이야기 꼭 전해 드릴게요."

연탄난로 하나로 축제 분위기가 됐다. 향례 어르신을 박수로 배웅했다.


교실에 있던 모든 선생님들은 난로를 어디에 설치할지 고민했다. 교실 중앙으로 정하고 자원봉사 선생님은 자로 길이를 쟀다. 곧바로 철물점으로 가서 연통과 필요한 부품을 샀다. 창문을 뚫어 난로와 연통을 연결했다. 연탄만 주문하면 올겨울은 따뜻하게 날 수 있다.

"연탄 200장 주문하려고 하는데요, 한 장에 얼마예요?"

"연탄 놓을 장소가 몇 층이에요?"

"1층이요."

"한 장에 550원이에요. 500장 미만은 배달 비용 50원 추가 있어요. 총 600원이에요."

"그럼 500장 주문할게요. 550원씩인 거 맞지요?"

"네. 맞아요. 몇 시에 배달해 드릴까요?"

"내일 오전 10시쯤 갖다주세요. 출발할 때 전화 주세요."

연탄이 내일 온다. 선생님들과 분주히 놓을 자리를 치웠다. 학생들이 따뜻한 겨울을 보낼 생각에 선생님들은 기분이 좋아진다.


허구한 날 연탄불을 꺼뜨렸다. 처음 연탄난로를 피우는 것은 힘들다. 아침에 출근하면 제일 먼저 번개탄에 불을 붙인다. 뚜껑을 닫았다. 매캐한 냄새가 진동한다. 연탄불이 꺼질세라 수시로 문을 열어 봤다.

"선생님, 뚜껑 그만 열어 보세요. 매연이 교실에 가득 찼어요."

"불이 잘 타나 보는 거예요."

"열기를 느끼면 알 수 있어요."

역시 어른들은 경험과 지혜가 대단하다. 어르신들 덕분에 무사히 하루를 보냈다. 퇴근하면서 연탄불을 최대한 줄여 놓았다. 그러나 아침에 출근해서 보니 연탄불이 또 꺼져있다. 새 연탄을 하나 들고 바로 옆에 있는 이발소로 갔다.

"사장님, 아침 일찍 죄송한데요. 연탄불 좀 빌릴 수 있을까요?"

"선생님, 밤새 불 또 꺼뜨린 거야?"

"연탄난로가 처음이라 조절이 잘 안 돼요. 자꾸 꺼져요."

"처음엔 다 그랴. 연탄불 피우는 게 얼마나 힘들 줄 알아? 얼른 갖고 가."

이발소 사장님은 흔쾌히 빌려주었다. 연탄불 관리 요령까지 친딸에게 가르쳐주듯 설명해 줬다.

연탄불 위에는 고구마가 놓였다. 미자 어르신이 농사지은 거라며 가져왔다. 군고구마가 되었다. 호호 불어 가며 먹는다. 이튿날 순자 할머니는 동해에 갔다면서 사온 오징어와 쥐포를 연탄불 위에 올렸다. 다음날은 금순 할머니가 가래떡을 가져왔다. 요즘 소화가 안 돼 밥 대신 가래떡을 조금 먹는다고 했다. 난로 곁에 모여 서로 걱정해 준다. 난로 하나로 우리는 식구(食口)가 되었다. 난로에는 먹거리로 가득했다. 특히 내가 좋아하는 고구마가 올려져 있는 날이면 마음은 온통 난로에 가 있다. 군고구마를 먹을 때면 하루의 고단함이 싹 사라진다. 연탄불 앞은 늘 사람들로 가득하다. 연탄불처럼 공부의 열기도 활활 타오른다.

우리 학교 난로 이야기를 사례로 한화 그룹 공모사업 '따뜻한 겨울나기' 프로젝트에 사연을 보냈다. 연탄불 사랑 나누기 이야기다. 수백 개의 사례 중 3개 팀을 선정하는데 충주열린학교가 선정되었다. 우리 학교의 따뜻한 이야기가 난방기를 지원받을 수 있게 해주었다. 이제는 매캐한 연탄 냄새를 맡지 않아도 전원 버튼 하나만으로도 금방 교실이 따뜻해진다. 졸업생이 기증한 연탄난로 하나가 더 좋은 환경에서 공부할 수 있는 불씨가 되었다. 이렇게 따뜻한 마음들이 모여 충주열린학교는 서로 나눔을 이어가는 학교로 계속 성장 중이다.

# 3

## 이사를 어떻게 하지

꽃향기는 십 리를 가지만, 사람의 향기는 만 리를 간다고 한다. 충주열린학교는 많은 사람들의 사랑을 받고있다. 도와주신 분들의 말과 행동은 시간이 지날수록 사람의 향기처럼 진해져 갔다.

충주열린학교는 2005년 설립되었다. 한 장애 학생이 한글 배우고 싶다는 그 말 한마디가 내 마음을 울렸다. 직접 집으로 방문했다. 학생들이 많아지면서 1년 만에 12평 임대 아파트를 얻었다. 임대 아파트에서 밥상 하나 덩그러니 놓고 시작했다. 공부하고 싶은 사람들이 몰려왔다. 2년 만에 다시 20평의 작은 상가로 옮겼다. 이사 온 지 불과 1년도 안 되어 수업과목이 늘어나 다시 더 넓은 곳으로 이사를 해야만 했다. 적절한 수업 공간을 찾기 위해 연신 '교차로' 신문을 뒤적였다. 학습자들이 찾기 쉬우면서 저렴한 곳을 찾기 위해 많은 발품을 팔았다.

시설이 깨끗하고, 위치가 좋은 곳은 보증금과 월세가 비쌌다. 비싼 월세를 낼 바에 학교를 짓는 게 좋겠다는 생각이 들었다. 무작정 부동산으로 갔다.

"안녕하세요. 충주시청 근처 도로변에 나온 땅 있나요?"

"마침 좋은 자리가 있어요. 몇 평 필요하세요?"

"천 평이요."

"뭐 하시게요?"

"학교 지으려고요."

"그렇게 큰 땅은 시청 근처에는 없어요. 시청 앞에 300평 건물 나온 곳이 있긴 한데……."

"작긴 한데, 얼마예요?"

"한 평에 600만 원이니까 18억이에요."

집을 사본 적도 없고, 땅을 사본 적도 없었기에 땅값이 그렇게 비싼지 몰랐다. 소형차모닝을 끌고 부동산에 용감하게 땅 천 평을 알아본 것이다. 당장 보증금도 없는 내가 사람들은 부자인 줄 알았다고 한다. 땅값의 현실에 부딪혔다. 다시 임대를 알아봤다.

시내버스 노선이 없는 4차선 도로 앞에 빈 점포가 나왔다. 슈퍼를 하던 곳으로 약 30평 정도 된다. 임대료가 월 30만 원이라 마음에 들었다. 단점은 화장실이 좌변기다. 어르신과 장애인 학습자들이 사용하기 불편하다. 일단 이사부터 하고 화장실 수리는 차차 생각하기로 했다.

이사를 결정하고 이삿짐센터에서 견적을 받았다. 300만 원이 나왔다. 천 권의 책과 책상, 의자, 책장, 소파, 컴퓨터, 에어컨 등 짐이 많기 때문이다. 너무 비쌌다. 직접 나르기로 했다. 본격적으로 이사 준비를 시작했지만 어디서부터 어떻게 준비를 해야 할지 막막했다. 운영위원인 박용호 원장님이 한의원에서 퇴근 후 도와주러 왔다. 원장님은 휴가 나온 군인도 데리고 왔다. 책을 옮기기 좋게 뚝딱뚝딱 포장했다. 그 많던 책이 1시간 만에 깔끔하게 정리되었다.

수소문 끝에 봉고차를 빌렸다. 지인이 좋은 일에 쓰라며 무료로 빌려주었다. 여섯 명의 자원봉사자가 도와주었다. 작은 봉고차에 아홉 번이나 집기류를 실어 날랐다. 그날은 비까지 부슬부슬 내렸다. 낡은 상가 건물이 보기 안쓰러웠는지 도움의 손길이 이어졌다. 이삿짐을 다 나른 뒤, 봉사자들은 건물 안을 하얀색으로 페인트칠까지 직접 해주었다. 유리 표면에 지저분하게 붙어있던 광고 포스터를 떼어 냈다. 단 몇 시간 만에 제법 근사한 학교로 탈바꿈되었다. 몸을 아끼지 않고 도와준 자원봉사자들 덕분이다.

아침부터 시작된 이사는 해가 질 때쯤 끝났다. 저녁을 먹으러 갔다. 닭갈빗집에서 뒤풀이를 했다. 모두 힘든 하루였지만 마음만은 상쾌했다. 계산하려고 계산대에 섰다.

"손님, 계산이 끝났어요."

"네? 저는 계산 안 했는데, 누가 계산하셨어요?"

"저쪽에 앉았던 남자분이 계산하고 나가셨어요."

식사하러 들어오다 입구에서 마주쳤던 건축업 사장님이다. 나랑 가까운 친분이 있는 것도 아닌데, 우리학교에 관심을 가졌던 분이었는지 그저 고마울 따름이다.


이사를 하고 나니 화장실 수리가 걱정이다. 당장 화장실 사용이 어려웠다. 앞 건물에 양해를 구하고 며칠 화장실을 이용했다. 빠른 공사가 필요하다. 하지만 돈이 없었다. 장애인이 불편하게 화장실 사용하는 사연을 충북 사회복지 공동 모금회에 보냈다.

"좌변기인 화장실을 양변기로 바꾸려고 하는데 공사 견적 부탁드립니다."

"양변기로만 바꾸면 되나요?"

"화장실 들어가는 입구에 턱이 있어 휠체어가 못 들어가니 턱을 없애 주세요."

"자리가 좁아서 그렇게 하기는 어려울 것 같아요."

"그러면 부엌과 욕실을 합쳐서 화장실로 모두 바꿔주세요."

공사가 커졌다. 단순히 양변기로만 바꿔서 될 문제가 아니다. 삼우건설 오주연 회장님이 이리저리 둘러본다. 견적이 600만 원이 나왔다. 충북 사회복지 공동 모금회에서 화장실 공사로 선정된 금액은 250만 원이다. 회장님은 견적의 반도 안 되는 250만 원에 흔쾌히 공사를 해주었다.


나는 충주열린학교를 운영하며 많은 분들에게 도움을 받았다. 그중 도움을 가장 많이 준 분이 바로 박용호 원장님이다. 한의원을 운영하며 지역사회에 공헌을 많이 하는 분이다. 어려울 때마다 웃음과 함께 등장해 일사천리로 어려운 일들을 해결해 준다. 충주열린학교 로고도 직접 디자인해 주었다. 원장님은 초대장에 풀칠을 하며 한마디 한다.

"나 같은 고급 인력을 이렇게 부려먹는 사람은 정교장 밖에 없어유."

소박하고 인자로운 모습과 너털웃음이 원장님의 진가를 더한다.


그러나 정작 이사를 어떻게 해야 할지 막막하기만 했었다. 그때 많은 분들이 각자의 자리에서 하나하나 도움을 주었다. 집기류 포장, 물품을 옮겨 주신 분, 봉고를 빌려주신 분, 화장실 공사, 선팅 작업……. 한 분 한 분의 감사함과 사랑의 향기로 만들어진 충주열린학교이다. 도와주신 분들의 은혜를 잊지 않고, 우리 학교도 지역사회에 선한 향기를 나누는 배움터가 되고자 노력한다.

# 보증금이 없는데

하늘이 무너져도
솟아날 구멍은 있었다.

2012년 충주열린학교는 2층 상가 건물을 쓰고 있었다. 2층은 밖으로 나가 계단으로 올라가야 한다. 장애인과 늦깎이 학습자들이 계단을 오르내리기 불편했다. 충청북도교육청에 학교형태의 장애인 평생교육시설로 등록하려니 시설 기준에 적합하지 않다. 다섯 번째 이사를 계획했다. 문제는 보증금이 없었다.

충주 전 지역을 돌아다녔다. 신축 건물에 위치가 좋은 곳은 보증금과 월세가 비쌌다. 상가 세 곳을 선정하고 각 상가의 장, 단점을 파악했다. 좋은 상가를 찾기 위해 회의를 계속했다. 마음에 쏙 드는 상가로 이사를 결정했다.

세 배로 늘어난 보증금. 돈을 어디서 어떻게 빌려야 할지 막막했다. 돈 빌려줄 사람을 찾아다니기 시작했다. 아무리 친한 사람이라도 돈 얘기를 꺼내는 게 쉽지 않았다. 보증금 낼 날이 사흘 앞으로 다가왔다. 입이 바짝바짝 말랐다. 전에 사용하던 1층과 2층의 임대 기간이 남았기에 직접 월세를 놓고 나가야 하는 상태다. 임대한 곳에서 나오는 보증금과 새로운 보증금까지 더 있어야 하는 상황이다.

큰맘 먹고 고등학교 때 가장 친한 친구 세희를 찾아갔다.

"진숙아 오랜만이야. 요즘 건강은 어때?"

"잘 먹고 많이 움직여서 좋아."

"학교 운영하는 건 힘들지 않아?"

"많은 분들이 도와줘서 괜찮아. 이번에 시청 앞에 있는 100평 상가로 이사 갈 준비하고 있어."

"시청 앞으로? 위치 좋네. 잘됐다. 진짜 축하해. 뭐 필요한 거 있어?"

"이사야 봉사자들하고 다 같이 하면 될 거 같은데, 보증금 너무 비싸서……."

"위치가 좋으니까 당연히 비싸겠지. 얼마야?"

"삼천만 원."

"와, 보증금은 준비된 거야?"

"아니, 이제 알아보려고."

"이사가 코앞인 테 아직 보증금도 없이 어떻게?"

"그래서 말인데, 혹시 보증금 좀 빌려주면 안 될까?"

"미안해 진숙아. 친구끼리는 돈거래 하는 거 아니래."

"맞아. 내가 급한 마음에……. 너무 신경 쓰지 마. 어떻게든 구해지겠지."

친구와 헤어지고 나오는데 나도 모르게 만삭인 배 위로 눈물이 떨어졌다. 내일은 누구를 만나야 할까. 휴대전화 연락처를 연신 뒤적였다. 믿을 만한 선배 언니와 성공한 고향 친구에게 연락했다. 역시 보증금을 구하기가 어려웠다. 행정실장님은 우리 학교에서 공부하는 늦깎이 학생 중에 여유가 있는 분한테 부탁해 본다고 했다. 내심 기대했다. 보증금 얘기를 듣고 아무 말도 안 했다고 한다. 또 다른 분을 찾아야 했다.


한글을 가르치는 박상윤 자원봉사 선생님이 교무실로 들어온다.

"교장 선생님, 보증금 없다면서요?"

"아 네, 어떻게 아셨어요?"

"우연히 선생님들끼리 말하는 것 들었어요. 제가 빌려 드릴게요."

"자원봉사 하는 것만으로도 고마운데 보증금을요?"

"만삭인 몸으로 좋은 일을 하는 것도 모자라, 직접 돈을 빌리러 다니는 모습이 안타까워서요."

50대 중반인 박상윤 선생님은 서울에서 충주로 이사를 오셨는데, 적응이 어려워 우울증이 왔다고 했다. 집에만 있다가 어느 날, 미용실에 갔다가 우리 학교 소식을 듣고 방문하여 인연이 되었다. 선생님은 그렇게 우리 학교에서 컴퓨터를 배우다가 한글 자원봉사를 하고 있었다. 어려울 때 보증금도 빌려주었고 10년이 지난 지금도 충주열린학교에서 봉사를 하고 있다.

이사 준비를 위해 자원봉사 선생님들과 교무실에서 회의했다. 이틀에 걸쳐 이사하기로 했다. 트럭을 빌렸다. 책상과 의자는 학생들이 하나씩 직접 날랐다. 짐 옮기는 것을 여러 사람이 함께 나누니 척척 진행됐다.

나는 충주구치소에서 육 년째 검정고시반에서 수학 수업을 하고 있다. 학교 이사를 말씀드렸더니 흔쾌히 도와주겠다고 했다. 평균연령 70대인 학생들이 책상과 의자를 손수 나르며 하루를 마감했다. 다음날 충주구치소 직원들과 자원봉사 선생님이 모였다. 작은 물건은 승강기로 옮겼다. 냉장고와 큰 책장은 계단으로 5층까지 옮겨야 했다.

"하나, 둘, 하나, 둘."

"우측 모서리가 닿을 거 같아요."

"천천히, 천천히."

남자 5명이 낑낑대면서 큰 물건을 하나씩 옮겼다. 충주구치소 직원들과 자원봉사자, 학생들 덕분에 이틀에 걸쳐 무사히 이사를 마쳤다.

박상윤 선생님 덕분에 보증금을 기한 내에 낼 수 있었다. 하늘이 무너졌을 때, 나에게 솟아날 구멍을 열어준 분이다. 이사하는 가운데 많은 분의 도움의 손길이 있었다. 나도 누군가에게 무너진 하늘 속의 구원의 손길, 구멍 같은 존재가 되고 싶다. 하늘이 무너져도 솟아날 구멍은 정말 있다.

# 5

# 끝까지 포기할 순 없어

포기하지 않으면 실패는 없다. 단지 시간이 걸릴 뿐이다.
학교 형태의 장애인 평생교육시설로 등록하기는 어렵다.
포기하지 않고 끝까지 노력했더니 꿈이 이루어졌다.

2013년 10월 충주교육청에 학교 형태의 장애인 평생교육시설로 등록이 되었다. 3년을 준비한 끝에 얻은 결과다. "장애인 평생교육시설"이란 장애인을 대상으로 평생교육 프로그램 운영과 평생교육 기회를 제공하는 시설을 말한다. 설치하려면 운영규칙, 위치도, 평생 교육사 자격증 사본 등 14개의 서류를 갖춰야 한다.

2013년 5월까지 한 공간에서 장애인, 노인, 학교 밖 청소년, 중장년, 결혼이민자까지 함께 공부했다. 교육청에 등록하기 위해 장애인과 비장애인의 수업을 분리해야 했다. 고민 끝에 학교를 두 개로 나누었다. 100평이라는 거대한 공간으로 학교 이전을 한 이

유이기도 하다.

최대한 돈을 적게 들여 효율적으로 공간과 교실을 만들어야 한다. 교무회의를 며칠째 해도 답이 안나온다. 장애인 평생교육 시설은 14개의 서류를 갖추기 위해서는 설비 기준을 갖추어야 한다. 임대건물의 용도가 제2종 근린생활시설이어야 한다. 60평이 넘어가면 계단 외에 별도의 비상 탈출구도 필요하다. 임대한 건물은 5층이다. 승강기와 계단이 있다. 20년이 넘은 건물이라 바뀐 규정에 맞지 않는다. 건축물대장을 확인했다. 병원용으로 되어있었다.

학교 이사 때마다 적극적으로 도와주는 유병택 자원봉사 선생님께 부탁해야 했다. 지난번 이사 때 짐도 날라주고, 페인트칠도 직접 해주었다. 건축사무소에서 근무하면서 학교 이전할 때마다 서류를 봐준다.

"유 선생님, 잘 지내시지요? 이사 때 많이 도와줘서 고마워요."

"이사한 곳은 마음에 드세요?"

"넓어서 좋아요. 부탁이 있어 전화했어요."

"어떤 게 필요해요?"

"교육청에 장애인 평생교육시설로 등록하려니 용도가 근린생활시설이라야 하는데, 등기부 등본에 병원으로 되어있어요."

"용도만 변경하면 돼요?"

"학교를 두 개로 나눌 거예요. 60평만 장애인 평생교육시설로 하면 되겠어요. 나머지 40평은 비장애인이 공부하는 곳으로 하면 허가가 날 거 같아요."

"알아보고 연락드릴게요."

교육청에 학교 형태의 장애인 평생교육시설로 등록하기 위해 문의 전화를 했다.

"장애인 평생교육시설로 등록되려면 교실 2칸, 교무실 1칸, 휴게실 1칸만 갖추면 될까요?"

"장애인 전용 화장실과 주차장도 설치해야 해요."

"네. 알겠습니다. 준비해 보겠습니다."

다시 선생님들과 회의를 시작했다. 준비할 게 많지만 우선 교실 칸 나누는 것부터 차근차근 진행에 보기로 했다. 샌드위치 패널 말고 제대로 공사업체에 맡겨 깔끔하게 만들자고 최고 선임자 남실장님이 의견을 냈다. 교실을 나누기 위해 삼우건설에 견적을 냈다. 이사비용보다 더 큰 금액이 나왔다. 삼우건설 오주연 회장님은 이사 전 30평 상가 장애인용 화장실 공사로 인연을 맺었다. 그 인연으로 우리 학교 운영위원이 되었다. 60평에 필요한 교무실과 교실 2칸, 휴게실 공사를 삼우건설에 맡겼다. 우리 학교 형편을 잘 아는 회장님은 모든 공사를 무료로 다 해주었다.

남은 40평은 실장님과 남편, 자원봉사자들이 컴퓨터실과 교실, 창고를 직접 만들었다. 전의 학교에서 쓰던 샌드위치 패널로 만든 것이다. 큰 틀인 칸막이 공사가 잘 마무리됐다. 근린생활시설로 용도도 변경되었다.

장애인 전용 주차장과 건물 입구에 휠체어가 들어올 수 있는 사면 계단과 시각장애인용 점자 블록 등을 설치해야 한다.

건물주인은 충주의 유능한 변호사다. 우리 학교가 이전하는데 배려를 많이 해주었다. 염치없이 또 부탁했다. 변호사님은 사무장과 상의 하라고 했다.

"사무장님, 건물 지하에 장애인 전용 주차장이 필요한데 설치할 수 있을까요?"

"장애인 주차장만 있으면 되는 거죠?"

"건물 들어오는 입구 계단을 휠체어가 들어올 수 있도록 평평하게 해주세요."

"장애인 평생교육시설 등록하는 게 어렵네요."

"맞아요. 화장실도 장애인용 양변기 설치 부탁드려요."

사무장님은 흔쾌히 모든 공사를 해주었다.

도서가 500권 이상이 필요했다. 자원봉사 선생님들은 집에 있는 책을 기증했다. 많은 분의 도움으로 도서도 채워졌다. 시설 준비가 끝났다. 모든 서류를 갖춰 충주교육청에 접수하였다. 교육청에서 실사를 나왔다.

"선생님, 건물 입구 사면 계단과 승강기 앞, 화장실 들어가는 입구에도 안전 바를 설치해야 허가가 납니다."

"설치하는 대로 연락드릴 테니 다시 한번 실사 부탁드립니다."

나는 또 사무장님께 전화했다.

"사무장님, 죄송한데요. 안전 바를 설치해야 허가가 난다고 합니다. 한 번만 더 부탁드립니다."

사무장님은 조건 없이 설치해 주었다.

2013년 10월 11일, 드디어 충주교육청으로부터 등록증이 나왔다. 학교 형태의 장애인 평생교육시설로 등록을 준비한 지 3년에 걸쳐 모든 일을 해냈다. 충주에서 유일하게 등록된 학교다. 힘들고 지쳐 포기하고 싶을 때마다 도움의 손길이 이어졌다. 가장 가까이 계신 실장님의 솔선수범, 자원봉사 선생님의 보증금, 오주연 회장님께서 해준 모든 공사까지 시간과 마음뿐 아니라, 물질까지 후원해 주신 분들이다. 등록증이 나온 날 모두 눈시울을 붉혔다. 학교가 두 개 되었다. 장애인을 위한 평생열린학교, 비장애인을 위한 충주열린학교가 탄생한 것이다.

포기하지 않으면 실패는 없다. 학교 형태의 장애인 평생교육시설로 등록할 수 있었던 것은 포기하지 않고 끝까지 노력했기 때문이다. 시간이 걸렸지만, 꿈은 이루어졌다.

# 6

## 공모사업에 도전하다

성공에 지름길은 없다. 두드리는 자에게 문은 열린다.
충북 사회복지공동모금회와 한화그룹에 글쓰기공모부터 시작했다.
불가능해 보였지만 해냈다.

2013년 7월 드디어 100평의 공간이 생겼다. 교실 공사도 마무리됐다. 교실마다 학생들이 시끌벅적하다. 충주시청 근처 큰 사거리 기아자동차 건물 5층이다. 학교 간판을 설치해야 한다. 야간에도 간판을 볼 수 있게 LED 견적을 알아봤다. '충 주 열 린 학 교' 여섯 글자 설치비 포함 400만 원이다.

B4용지에 '충주열린학교' 글씨를 칼라 프린트했다. 건물 입구와 5층 승강기 옆에 붙였다. 이사한 후 일주일은 학교 위치 설명하느라 시간을 보냈다. 옆 건물 관리인이 교무실로 들어왔다.

"여기가 열린학교예요?"

"네. 어르신. 잘 찾아오셨어요. 어떤 공부하러 오셨나요?"

"공부하러 온 게 아니라, 나 옆 건물 관리하는 사람이에요. 하도 우리 건물 5층에 와서 공부하는 데를 찾아 한 번 와봤소."

"죄송합니다. 안내하느라고 했는데, 옆 건물로 갔나 봐요."

간판이 시급했다. 공모사업에 간판을 지원해 줄 곳을 찾았다. 충북 사회복지공동모금회 공모사업 신청 기간이 사흘 남았다. 간판이 필요하다는 사연으로, 프로그램이 아닌 설비 설치를 위한 기능보강 사업을 신청했다. 공모사업 작성법을 정식으로 배운 적이 없다. 어떻게 써야 할지 막막했다. 나는 간절한 마음으로 공모 신청서 작성을 했다. 3주 뒤 발표가 났다. 우리 학교가 선정되었다. 곧바로 간판 광고사에 전화했다. 설치를 부탁했다.

"충주열린학교에서 LED 간판을 설치하면 잘 보이겠네요?"

"자꾸 옆 건물 5층으로 사람들이 찾아가서 잘 보이는 LED 간판이 필요했어요."

"간판에 돈을 많이 투자하시네요."

"충북 사회복지공동모금회 사업으로 하는 거예요."

"아, 그래요?"

"앞으로는 옆 건물로 안 가고 학생들이 잘 찾아올 수 있어 좋아요."

문해 학교 중 충북 최초로 LED 간판을 설치했다. 글자를 몰라 깜깜하고 답답한 세월을 보냈던 문해교육생들에게도 환하게 마음의 등불이 되어줄 것 같아 불 들어온 간판을 볼 때면 내 눈도 환하게 밝아온다.

가을을 지나 겨울이 다가왔다. 점점 추워져 가는데 난방이 걱정된다. 전의 30평 학교에서 이사 올 때 연탄난로를 필요한 곳에 기증했다. 큰 교실에 냉난방기 한 대만 있다. 교실 2칸과 휴게실, 교무실에 난방기가 필요하다. 나는 집에 있던 전열기를 가져왔다. 자원봉사 선생님들도 선풍기형 온풍기와 난방기를 기증했다. 실장님은 이 난방기들은 넓은 공간을 따뜻하게도 못하고 전기세가 많이 나온다고 걱정했다. 25평형 냉난방 겸용 에어컨은 400만 원이 넘었다. 27평형으로 전기 꼽고 실내 등유를 넣어 사용하는 난방기는 100만 원이다. 교무실은 나중에 하더라도 교실에 2대라도 있어야 따뜻하게 수업할 수 있다.

공모사업에 선정되어 간판을 설치한 것이 힘이 되었다. 나는 난방기도 공모사업에 도전하기로 했다. 마침 한화그룹 사회공헌 공모가 떴다. 연탄불로 겨울을 났던 이야기를 사례로 '따뜻한 겨울나기' 프로젝트에 사연을 보냈다. 당장 올겨울 추위에 떠는 늦깍이 학습자와 장애인 학습자가 따뜻한 환경에서 꿈을 이룰 수 있도록 도와 달라는 내용이었다.

한화그룹에서 서류 전형이 통과됐다고 연락이 왔다. 뛸 듯이 기뻤다. 실사 날짜가 잡혔다. 하필 그날은 선천성 거대결장으로 입원 중인 딸이 태어난 지 100일 째 되는 날이다. 선천성 거대결장이란 선천적으로 결장 일부분에 교감신경이 없어 변이 항문 쪽으로 내려가지 못하고 그 부위에서 정체되는 질병을 말한다. 100일 된 딸은 장에 세포가 없어 배에 가스가 차고 배변을 못 하고 있다. 나는 학교 일로 바빠 충주에 있고, 남편이 서울대 어린이병원에서 딸 행복이의 간호를 맡았다. 마음이 무거웠다. 실사팀을 만날 것이냐 딸에게로 갈 것이냐 며칠을 고민했지만, 선뜻 정하기가 어려웠다.

태어나자마자 병원 생활을 했던 딸아이의 백일만큼은 같이 있어 주고 싶었다. 무거운 마음으로 병원에 갔다. 몸은 병원으로 왔지만, 마음은 학교에 있다. 실사팀이 잘 봐서 선정돼야 할 텐데……. 남편은 몇 주째 밤잠을 설쳤는지 눈이 캥했다. 행복이는 콧줄을 차고, 몸 이곳저곳에 링거가 꽂혀 있었다. 장을 배 밖으로 꺼내어 상태를 보는 중이다. 장을 덮은 투명 비닐에 가스나 대변이 차면 수시로 빼 주어야 한다.

병원에 도착하자마자 남편이 쉴 수 있도록 목욕탕에 보냈다. 몇 주 만에 행복이와 둘만의 시간이 되었다. 7인실 병동이 낯설었다. 행복이 엄마냐고 옆에 있는 분이 묻는다. 엄마는 보이지 않고 아빠가 보는 게 낯설었나 보다. 백일 파티는 없었다. 누워만 있는 행복이를 바라봐 주는 그것밖에 할 수 있는 게 없었다.

남편은 병원 안에 있는 직원 식당에서 밥을 먹고 목욕하고 서둘러 돌아왔다.

"조금 더 쉬었다가 오지 그랬어요?"

"당신 혼자 있으면 힘들까 봐."

"혼자 한 달을 행복이 병간호하느라 힘들었지요? 미안해요. 도와주지도 못하고."

"괜찮아, 행복이가 옹알이하면서 웃으면 하루가 어떻게 가는 줄도 몰라."

"행복이가 옹알이를 했어요? 뭐라고 말해요?"

"행복이는 세상에서 아빠를 제일 사랑한대."

"진짜요? 내가 행복이한테 물어봐야겠어요."

"물어보지 마. 나한테만 말한 거야."

남편은 신나게 행복이 얘기를 한다. 남편과 행복이를 병원에 두고 충주 가는 막차를 탔다. 불이 꺼진 고속버스 안에서 생각이 점점 많아진다.

다음날 출근을 했다. 실장님은 한화그룹 사회공헌 담당자가 잘 보고 갔다고 전했다. 며칠 뒤 사회공헌 사업에 최종적으로 선정되었다는 기쁜 소식을 받았다. 어르신들이 따뜻하게 공부할 수 있게 되었다.

공모사업을 쓰기 위해 꾸준히 자료를 찾았다. 지속해서 도전했다. 두드리는 자에게 문은 정말 열렸다. 사회복지공동모금회와 대기업인 한화그룹에 진심을 다해 글을 썼다. 불가능해 보였지만 원하는 대로 모두 해냈다. 성공에 지름길은 없다. 진심을 다하는 마음과 끊임없이 두드리는 노력은 닫힌 문을 열리게 한다.

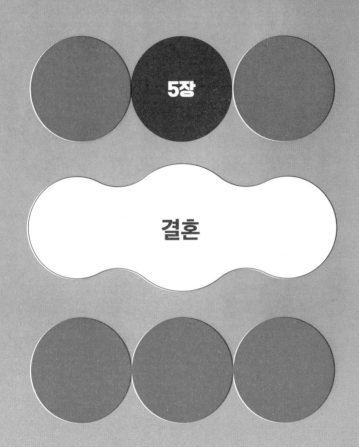

5장

결혼

# 소나기 만남

만남은 소나기다. 언제 내릴지 알 수 없고, 피할 수도 없다.
소나기 사랑에 흠뻑 빠졌다.


서른다섯. 희귀 난치병인 루푸스를 12년째 앓고 있다. 하루에
도 열두 번 마음이 바뀐다.

'결혼해야 하나 말아야 하나.' 만나는 사람이 있는 것도 아닌데
혼자 전전긍긍한다.

조금만 무리해도 고열로 입원한다. 루푸스는 한마디로 공주병
이다. 조금도 힘든 일은 못한다. 스트레스받으면 악화된다. 건조
한 눈은 자주 충혈되고 이물질이 낀다. 인공눈물과 안약을 수시
로 넣어야 한다. 신장 기능이 약해 자주 붓는다. 통증으로 밤잠을
설칠 때가 많다. 이런 나를 이해하고 받아 줄 사람이 있을까?

야학에서 수학교사로 자원봉사를 하고 있다. 늦깎이 학습자들은 내가 수업하는 모습만 보고 좋게 봐준다. 며느리 삼겠다며 이것저것 물어본다.

"선생님. 애인 있어요? 좋은 사람 소개해줄까요? 선생님. 어떤 사람 좋아해요?"

"믿음 좋고 교회 잘 다니는 사람 좋아해요."

나는 쑥스럽게 웃었다.


검정고시에 도전하는 60대 중반 봉순 어르신은 낙상 사고로 정형외과 4인실에 입원했다.

"무슨 일로 입원했어요?"

"교통사고가 났어요."

"난 넘어지면서 허리를 다쳐 입원했어요. 결혼은 했어요?"

"네. 삼 남매를 키우고 있어요."

"난 과수원 하는데 요즘 검정고시 공부해요. 우리 선생님 중에 정진숙 수학 선생님이 있는데 비가 오나 눈이 오나 교회에 꼭 가요."

"어머 그래요? 우리 친정 오빠도 그런데요."

"우리 선생님은 새벽기도를 하루도 빠지지 않고 가요."

"우리 친정 오빠도 새벽기도에 목숨 걸어요. 둘이 만나게 할까요?"

2011년 12월 제자 봉순 어르신에게 전화가 왔다.

"선생님. 선생님이 원하던 새벽기도 잘 나가는 믿음 좋은 형제가 있어요."

"그런 분이 계세요?"

"나이가 선생님보다 조금 많아요? 한 번 만나볼래요?"

"기도해 볼게요. 시간 좀 주세요."

용기를 냈다. '그래 한 번 만나 보는 것도 괜찮아.'


다음 달에 3주간 이스라엘로 선교여행이 있다. 한 번 만나고 이스라엘에 가면 연락도 안 되니 서로 불편할 일도 없다. 한결 마음이 가벼워졌다. 이튿날 문자가 왔다.

'똑똑. 장로교회에 다니는 한신형제입니다. 통화할 수 있을 때 문자 주면 전화하겠습니다.'

'1시간 이후 시간 됩니다.'

"안녕하세요. 한신입니다. 말씀 많이 들었습니다. 내일 저녁 6시에 시간 되세요?"

"네. 시간 돼요."

"어디서 만날까요? 발코니 레스토랑 아세요?"

"네. 알아요. 따로 들어가면 소개받는 티가 나니까 레스토랑 앞에서 만나 함께 들어가면 어떨까요."

"좋아요. 내일 저녁 6시 레스토랑 앞에서 만나요."


약속 시간보다 10분 먼저 도착했다. 동그란 안경을 쓴 상대방이 먼저 나를 알아본다. 2층으로 올라갔다. 야경이 보이는 창가에 앉았다. 물을 여러 번 마신다. 탁자를 손으로 톡톡톡 치고 있는 나에게 말을 건넨다.


"영화 좋아하세요?"
"네. 자주 봐요."
"어떤 장르 좋아하세요?"
"액션이나 스파이 영화 좋아해요."
"와, 저도요."
"미션임파서블4 상영하던데 같이 볼래요? 내일 오전에 시간 되세요?"
"네. 내일 뵐게요."


다음날 영화관으로 갔다. 평일 낮이다. 아무도 없겠지 생각하며 들어갔다. 영화관 안에는 동창 중 제일 친한 친구인 경선이와 눈이 마주쳤다. 경선이 아들 동현이도 있었다. 동현이는 내 옆으로 와서 반갑게 인사를 하고 물어본다.

"이모, 이분은 누구세요?"

"어……. 아는 분."

난감해하고 있는데, 경선이가 동현이를 부른다. "휴" 안도의 한숨을 쉬었다. 옆에서 또 다른 친구가 아는 척한다. 소개를 받고 두 번째 만났는데 친구들 사이에 소문날까 걱정이 태산이다. 영화를 보는 내내 머릿속이 복잡하다. 영화가 끝났다. 오후 수업 때문에 서로 전화하기로 하고 헤어졌다.


이스라엘로 떠나기 전에 만남을 이어갈 건지 말 건지 결정해야 했다. 두세 차례 만남이 이어지는 가운데 어느날 저녁 식사를 마치고 차 안에서 잠깐 할 말이 있다고 했다. 한신씨 표정이 갑자기 굳어졌다.

"스물세 살부터 희귀 난치병인 루푸스를 앓고 있어요."

"루푸스? 처음 들어봐요. 어디가 아픈 거예요?"

"면역력이 약해 조심해야 해요. 피곤하면 열도 나고, 폐렴도 잘 걸리고요."

"병원에 입원해서 치료받는 거예요?"

"폐렴이나 열이 안 떨어지면 입원해야 해요. 평상시에는 한 달에 한 번 정기점진 해요. 피검사와 엑스레이도 찍고 약도 타요."

"많이 힘들겠어요. 제가 병원에 같이 가 드릴게요."

그 후 한신씨는 병원에 같이 다니면서 나의 아픔도 알아주고 위로해 주었다. 맛있는 음식도 같이 먹고 손도 잡았다. 차 안에서의 데이트 시간이 늘어갈수록 사랑도 깊어 갔다.

희귀 난치병인 루푸스를 앓고 있는 나에게도 사랑이 찾아왔다. 소나기 같은 나의 사랑은 필연이었다. 지금도 난 소나기 사랑을 잘 키워가고 있다. 사랑은 소나기처럼 온다.

# 2

## 한여름의 결혼

결혼은 또 다른 시작이다. 이제는 혼자가 아닌 둘이다.
같은 방향을 손잡고 걸어가는 것이다.

2012년 5월 원주기독교 병원 오전 9시 정기검진이 있다. 나의 일상을 그대로 보여주고 싶었다. 그와 함께 병원에 가기로 했다. 새벽 6시 한신씨가 집 앞으로 왔다. 한신씨는 따뜻한 유자차를 건네며 밝게 인사한다. 유자차를 두 손으로 받아 호 불며 한 모금 마신다. 입안에서 목으로 넘어가니 몸이 따뜻해진다. 수년째 혼자 운전해서 가던 길을 오늘은 한신씨랑 같이 가고 있다. 병원에서 어떤 결과가 나올지 마음은 무겁지만, 기분 좋다. 7시 병원에 도착했다. 벌써 채혈실 번호표를 뽑고 앉아 있는 사람들이 보인다. 서둘러 번호를 뽑고 앉았다. 피검사를 먼저 하고 소변검사도 했다. 혈압과 몸무게도 점검했다. 검사 결과가 2시간 후에 나온다.

병원 아래 식당으로 갔다. 아침 금식을 해서 배는 고픈데 입맛은 없다. 고민하다 나는 가락국수를 겨우 한 젓가락을 먹는데 한신 씨는 주문한 순두부를 맛있게 먹는다. 맛있게 먹는 모습을 보니 나도 입맛이 도는 듯했다. 아침을 먹고 류머티즘 내과 진료실 앞으로 왔다. 오늘은 의사 선생님 얼굴 보는 게 덜 무섭다. 의사 선생님은 한 달간 어떤 변화가 있었는지 꼼꼼하게 말해 주었다. 특히 단백뇨가 많이 나오니 건강을 위해 스트레스받지 말고 푹 쉬라고 했다. 한신씨는 내 어깨를 토닥토닥해 주었다. 원주 병원에서 나와 강릉으로 향했다. 2시간을 달리니 동해가 눈에 들어왔다. 경포대 모래사장 위를 걸었다. 한신씨가 내 손을 잡았다.

"손이 왜 이렇게 차요. 내가 항상 따뜻하게 해줄게요."

나는 손, 발이 차다. 아니 온몸이 차다. 루푸스는 몸이 차서 발생한 병이다. 따뜻한 손이 닿는 순간 얼어붙어 있던 내 마음이 눈 녹듯 녹았다. 장미 꽃다발을 주며 결혼을 전제로 만나자고 했다. 만난 지 백 일째 되는 날 앨범과 장미꽃을 받은 때부터 한신씨를 좋아했던 거 같다.


친한 친구들은 연애는 그만하고 결혼하라고 난리다. 처음으로 아빠에게 말씀드렸다.

"아빠. 저 만나는 사람 있어요."

"그래. 몇 살이야?"

"나이가 일곱 살 많아요."

"충주 사람이야?"

"안동에서 살다가 충주로 이사 온 지 3년 됐어요."

"무슨 일 하는데?"

"학원에서 영어 가르쳐요."

"그래 한번 만나 보자."


충주 문화당 한정식집에서 상견례를 했다. 평소에 안 입던 양복과 양장을 입은 부모님을 모시고 문화당에 20분 일찍 도착했다. 한신씨와 부모님이 먼저와 기다리고 있었다. 양가 부모님이 인사를 나눈다. 자리에 앉아서 물만 마신다. 음식이 나오고 식사가 시작되었다.

"우리 한신이가 결혼한다니 마음이 좋습니다."

"건강이 안 좋으니 잘 부탁드립니다."

"둘만 좋으면 되지요. 혼수도 필요 없고 둘만 잘살게 하면 좋겠습니다."

"그래도 간단한 혼수는 해야 하지 않겠어요?"

"괜찮습니다. 둘이 잘 사는 게 혼수지요."

한신씨 어머니는 단호하게 혼수를 거절했다. 둘만 잘살기를 바랐다.

상견례가 끝나고 결혼은 일사천리로 진행됐다. 한신씨랑 결혼 날짜를 상의했다. 나는 8월 검정고시가 끝나야 시간이 자유롭다. 한신씨도 학원에서 영어를 가르치고 있어 시간을 내기가 쉽지 않다. 8월 11일로 결혼식 날짜를 정했다.

결혼식 날 일찍 화장하고 머리를 했다. 한신씨는 계속 싱글벙글이다. 예식장으로 왔다. 손님이 없을까 봐 걱정했는데 식장 안이 가득했다. 양쪽 교회에서도 축하객들이 많이 왔다. 나는 경선이를 불렀다.

"경선아, 미안한데 휴가철이라 사람이 적게 올 줄 알고 음식을 조금 맞췄어. 친구들은 밥 먹지 말라고 해. 끝나고 나가서 맛있는 거 먹자. 정말 미안해."

"미안하기는, 사람 많이 오니 좋기만 하네."

"작은오빠. 미안한데요. 손님이 예상보다 많이 와서 음식이 모자라요. 큰집 식구들이랑 우리 식구는 다른 좋은 식당에 가서 대접해 주세요."

친한 친구들이랑 친척들은 밖에 나가서 식사하는 것으로 마무리됐다.


2011년 12월 29일에 만나 8개월 만인 2012년 8월 11일 결혼했다. 실감이 나지 않았다. 호칭을 어떻게 불러야 할지 몰랐다.

"호칭을 뭐라고 부르는 게 좋겠어요?"

"나는 '여보'라는 말이 좋은데."

"여보? 쑥스러워요."

"자기, 오빠 이런 호칭은 꼭 결혼한 사이가 아니어도 부를 수 있지만, 여보는 결혼한 사이에서만 부를 수 있는 호칭이에요. 우리 여보라 불러요."

"여보."

"왜 불러요. 여보."

처음부터 제대로 부르지 않으면 중간에 바꾸기가 어렵다. 우리는 서로를 '여보'라고 부르기로 했다.

# 3

# 의사의 반대에도 약을 끊고 임신하다

생명을 품는 것 자체만으로 신비롭다.
나는 의사의 반대에도 불구하고 그 생명을 만나고 싶었다.
루푸스임에도 임신하기로 마음먹었다.


신혼 3개월. 결혼하기 전에는 결혼한 사람들이 부러웠다. 결혼하니 아이 있는 가족이 부럽다. 아이들과 웃으며 걸어가는 모습에 눈길이 갔다. 결혼 전 남편한테 14년째 희귀 난치병인 루푸스를 앓고 있다고 말했다. 하루에 10알 이상 먹는 약은 독하다. 임신하기 어렵다.

"여보, 아무리 생각해도 아기 낳고 싶어요."

"당신 건강이 더 중요해요. 아기 낳으려고 결혼한 건 아니니까 걱정하지 말고 당신 건강만 생각해요."

"그래도 나는 당신 닮은 아기 낳고 싶어요."

"병원에 가서 담당 선생님과 상의하고 결정해요."

류머티즘 내과 선생님과 상담하기 위해 남편과 원주기독병원으로 갔다. 임신을 할 수 있을지 없을지 가슴이 콩닥콩닥한다. 남편이 내 손을 꼭 잡아 주었다.

"정진숙 환자분 진료실로 들어오세요."

"선생님 안녕하세요. 오늘은 남편이랑 같이 왔어요. 저희가 임신하고 싶은데 어떻게 하면 되나요?"

"임신을 원하는군요. 루푸스 신염은 임신하면 신장의 기능이 약해져서 생명도 위험해져요."

"그래도 임신하고 싶어요. 방법이 없을까요?"

"약을 조절해도 산모가 위험할 수 있어요."

"그럼 임신을 못 하는 건가요?"

"못 하는 것은 아니지만 힘든 과정이에요. 급성신부전으로 투석할 수도 있어요. 임신을 추천하지 않아요."

"저는 남편 닮은 아기를 낳고 싶어요. 힘들어도 꼭 임신하고 싶어요."

"소론도 한 알 외에 모든 약을 끊어야 해요. 최소 6개월 정도 끊어야 하니 임신 조금 미루고 안정이 될 때까지 건강 먼저 잘 챙기세요."

"네. 알겠어요. 건강 잘 챙길게요. 고맙습니다."

석 달째 약을 줄이고 있다. 11월 피검사를 했다. 폐렴에 걸리지 않게 조심하라고 했기에 긴장했다. 올해 마지막 엑스레이를 찍으러 갔다. 방사선과 문을 열었다. 임신 가능성은 없는지 확인 후 엑스레이를 찍고 2시간 후 류머티즘 내과 담당 선생님 앞에 앉았다.

"환자분, 아프거나 관절 부은 데는 없었어요?"

"네, 약간 어지러운 것 빼고 특별한 증상은 없어요."

"건강을 잘 챙겼나 봐요. 다행히 약 조절이 잘되고 있어요."

"아, 감사해요. 그럼 이제 임신할 수 있어요?"

"네, 지금처럼 약 조절이 잘 되면 임신도 괜찮아요."

순간 남편과 하이파이브를 했다. 의사 선생님도 손뼉 쳐 주었다. 가벼운 마음으로 집에 왔다.


병원 다녀온 지 한 달이 지났다. 온몸이 뻐근해 뒤척이다 일어났다. 양치질하러 화장실에 갔는데 칫솔을 입에 넣는 순간 갑자기 속이 울렁거렸다. '왝, 왝' 구역질을 하며 주저앉았다. 남편은 아침 예배 시간에 늦을까 봐 빨리 준비하라며 재촉한다. 나는 간신히 걸어가 식탁에 앉았다. 아직도 속이 울렁거린다. 남편은 식탁에 앉아 있는 나를 보며 소리친다.

"아파도 교회 예배는 드리러 가야 해."

서운해할 틈도 없이 또 속이 울렁인다. 시원한 물을 한 컵 마셨다. 여전히 속이 편치 않다. 딱히 어디라고 꼬집어 말할 수 없지만 움직일 수 없을 정도로 아팠다. 다음날 출근을 못 하고 계속 누워만 있었다.

아프다는 말을 듣고 아이 셋을 키우고 있는 시누이가 전화했다.
"언니, 많이 아프다면서요?"
"네. 감기몸살처럼 온몸이 쑤시고 아파요."
"혹시 열나요?"
"열은 안 나고 구역질만 나요."
"언니, 임신 테스트 해보셨어요?"
"임신이요? 생각도 못 했는데요."
"임신 테스트부터 해봐요."

남편한테 전화했다. 퇴근할 때 임신 테스트기를 사 오라고 했다. 남편이 집으로 오자마자 웃으며 테스트기를 꺼냈다. 바로 화장실로 들어갔다. 거실에 남편과 앉았다. 아무 말 없이 뚫어지라고 테스트기만 바라봤다. 물 한 잔 마시고 또 봤다. 두 줄이 나왔다. 남편은 환호성을 지르며 나를 꼭 안아 주었다.

다음날 임신을 확인하기 위해 산부인과로 갔다. 만삭인 임산부, 나처럼 배도 안 나온 사람도 있었다. 임산부들과 함께 대기실에 앉아 있는 자체가 뿌듯했다. 산모 수첩을 받으니 실감 났다. 태명을 '행복이'로 지었다. 남편과 손을 잡고 행복이의 심장 소리를 처음 들었다. 초음파로 들리는 '쿵쾅쿵쾅' 심장 소리가 전율처럼 온몸을 감쌌다.

입덧은 점점 심해지는데 학교 이전 문제로 잠시도 쉴 틈이 없다. 몸과 마음이 바쁠수록 먹고 싶은 생각뿐이다. 쫄면, 국수, 고기 등 밤만 되면 뭔가를 찾았다. 남편은 퇴근하면서 고기를 사 왔다. 눈 깜짝할 사이에 혼자 다 먹었다. 과일 중에서는 수박이 당겼다. 퇴근하고 집으로 가는데 수박을 안 먹으면 잠을 못 잘 것 같아 또 수박을 샀다. 고기 좋아하면 아들이고 과일 좋아하면 딸이라는데 나는 둘 다 당겼다.

자려고 누웠는데 배에서 뭐가 '툭' 쳤다. 배에 손을 올리니 태동이 느껴졌다. 남편도 손을 올려 태동을 느낀다. 행복이가 엄마, 아빠에게 처음으로 말을 하는 것 같다. '엄마, 아빠 보고싶어요.'

임신을 결정하는데, 용기가 필요했다. 의사의 반대를 무릅쓰고 임신하기를 잘했다. 나는 엄마로서 최고의 행복을 느끼는 중이다.
"행복아, 건강하게 만나자."

# 행복이와 만남

2013년 8월 드디어 행복이와 만났다.
우리 가족에게 천사가 왔다.

응급 상황에 빨리 대처하기 위해 원주기독병원 산부인과와 충
주산부인과 두 병원에서 병행 진료했다.

16주 기형아 선별검사 결과 다운증후군 고위험으로 나왔다.
의사는 양수검사를 권했다. 내 나이 서른여섯. 노산은 기형아 출
산율이 높다. 남편과 나는 양수검사를 해야 할지 말아야 할지 고
민에 빠졌다. 침이 꼴깍 넘어가는 소리만 들린다. 침묵을 깨고 남
편이 먼저 말한다.

"여보. 양수검사를 안 하는 게 좋겠어요. 검사한다고 결과가 달
라지는 게 아니잖아요."

"검사를 하면 장애 여부는 알 수 있어요."

"결과가 어떻든 행복이를 낳을 거니까 굳이 검사받을 필요가 없어요."

"당신 말 들으니까 검사하지 않는 게 좋겠어요."

남편은 단호했다. '장애가 있으면 어떡하지? 나처럼 허약체질만 아니면 좋겠다.'

임신 8개월째 어느 금요일 새벽 갑자기 심장이 쥐어짜듯 아팠다. 한동안 소리도 못 내고 몸을 웅크리고 고통이 지나가길 기다렸다. 며칠 전에도 비슷한 증상이 있었는데 이번에는 통증이 심하다. 심장이 쿵쾅쿵쾅 뛴다. 병원에서는 심장이 아프면 무조건 응급실로 오라고 했다. 자는 남편을 깨워 원주기독병원 응급실로 향했다. 혈액검사부터 시작하여 소변검사를 했다. 흉부 X-ray, 심전도 검사도 했다. 결과를 기다리는 동안 남편은 말없이 손을 잡아 주었다. 온종일 검사했다. 다행히 특별한 소견이 없었다.

8월 4일 새벽 3시 미지근한 액체가 다리 사이로 흘러내렸다. 벌떡 일어나 화장실로 갔다. 소변은 아닌데 선홍빛 옅은 색의 뭔가가 흐르고 있었다. 시누이의 도움이 필요했다.

"아가씨. 새벽에 전화해서 죄송한데요. 소변은 아닌 거 같은데 뭔가 흘러요."

"양수 터진 거 아니에요?"

"잘 모르겠어요."

"일단 충주 건대병원 응급실로 가요. 저도 바로 갈게요."

남편과 건대 병원 응급실로 갔다.

"루푸스 환자인데 양수가 터진 거 같아요."

"진료 기록이 없어 우리 병원에서는 치료할 수 없습니다. 희귀 난치병이라 더 안 됩니다."

어느새 병원 응급실로 시누이가 달려왔다. 아이 셋을 키우고 있는 엄마로서 우리를 안심시켰다.

"첫애는 진통을 오래 하니까 시간 있어요. 원주기독병원까지 가도 괜찮으니까 다니던 병원으로 가세요."

원주로 출발하면서 기독병원에 전화로 상황을 알렸다. 남편은 '괜찮아 행복이 만날 수 있어'라는 말만 반복하며 운전했다.

응급실로 들어갔다. 몇 가지 검사를 거쳐 산부인과로 연계됐다. 유도 분만을 위해 준비를 시작했다. 진통이 왔다. 자궁 문이 $1cm$ 열렸다. 친정엄마가 하늘이 노래지면 아기가 나온다고 했다. 갑자기 하늘이 노래졌다. 행복이가 나오겠다고 생각했다. 숨이 꼴깍 넘어갈 정도로 아픈데 자궁은 더 이상 열리지 않았다. 시간은 자꾸 흘러갔다. 행복이의 탄생이 궁금한 시댁과 친정에서 계속 전화가 왔다. 학교에서도 전화가 왔다. 어느새 오후 3시가 넘어갔다.

"산모와 아이가 스트레스를 받고 있어요. 수술해야겠어요. 보호자 어디 계세요?"

"지금 수술해야 한다고요?"

"설명 들으시고 수술동의서에 사인하셔야 합니다."

간호사 안내에 따라 척추 마취로 제왕 절개 수술을 결정했다.

이동식 침대 위에 누웠다. 남편은 힘주어 두 손을 꼭 잡아 주었다.

"여보. 행복이 만날 거니까 걱정하지 말아요. 밖에서 기도하고 있을게요."


우리 행복이 건강하게 태어나게 해주세요. 수술실 들어가면서 기도를 했다. 수술 모자를 썼다. 손가락에 혈압 커프를 달았다. 산소포화도를 붙였다. 흔들리는 치아가 있는지 확인했다. 간호사는 몸을 최대한 새우처럼 구부리라고 했다. 소독약을 등에 넓게 발랐다. 마취 바늘이 들어가는 느낌이 났다. 왼발 들어보세요? 알코올 솜이 차갑나요? 마취됐는지 질문을 한다. 발이 들리지 않았다. 혈관에 링거 주사와 소변 줄도 꽂았다. 하얀 천으로 시선을 가렸다. 나는 눈을 감았다. 가위 소리, 말소리가 크게 들렸다. 뱃속에서 무언가 쑥 빠지는 느낌이 들었다. 아기 울음소리가 들렸다. 잠시 뒤 간호사가 행복이 얼굴을 보여주었다.

"2013년 8월 5일 오후 4시 12분 2.25$kg$으로 예쁜 공주님이 태어났습니다."

9개월을 기다려 행복이를 만났다. 나는 반사적으로 손가락, 발가락이 다 있는지 장애가 있는지 아기를 쳐다봤다. 만감이 교차했다. 안경을 쓰지 않았는데도 쌍꺼풀진 눈이 보였다.

행복이는 12월에 임신하여 36주 만에 태어났다. 몸무게와 임신 기간 둘 다 이른둥이에 해당하였다. 신생아 중환자실로 바로 옮겨졌다. 이틀 후 링거를 꽂은 채 행복이를 만나러 신생아 중환자실로 갔다. 면역력이 약한 신생아만 있어서 링거 폴대를 끌고 들어갈 수 없다며 문 앞에서 제지를 당했다. 입원실로 돌아와 누었다. 비록 10주를 다 채우지 못하고 세상 밖으로 나왔지만 무탈하게 태어난 것만으로도 감사하다. 흐르는 눈물을 주체할 수 없었다.

9개월 동안 내 뱃속에서 잘 견뎌주고 태어나준 행복이가 대견하다. 천사로 와준 행복이 덕분에 우리 가족은 둘에서 셋으로 완전체가 되었다.

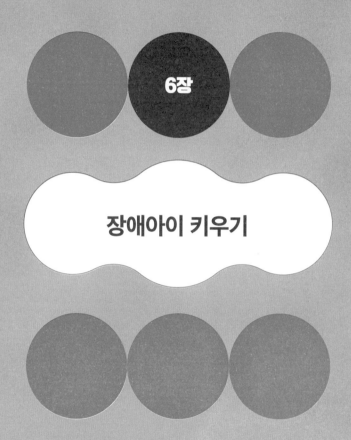

**6장**

장애아이 키우기

# 인큐베이터 두 달

가수는 노래 제목을 따라 살고, 사람은 이름에 따라 값을 하고,
행복이는 태명처럼 행복을 가져온 행복둥이다.

출산 후 3일이 지나도록 행복이를 못 보고 있었다. 링거 주사
를 뺐다. 퉁퉁 부은 몸을 남편 손에 의지해 신생아 중환자실로 갔
다. 문 앞에서 담당 교수를 만났다.

"환자분 건강은 어떠세요?"

"많이 좋아졌어요."

"아기가 염색체 이상이 있는 것 같아 검사 중입니다."

"염색체 이상이요?"

"다운증후군이 의심됩니다."

"다운증후군이라고요?"

"결과가 나올 때까지 기다려 봅시다."

일단 행복이를 만나야 했다. 손 소독을 했다. 인터폰으로 산모 이름을 말하고 부모 확인을 받았다. 드디어 신생아 중환자실로 들어갔다.

신생아 중환자실에는 갓 태어난 아기들이 여럿 있었다. 눈을 가린 아기, 울고 있는 아기. 행복이는 중환자실 가장 안쪽 인큐베이터에 있었다. 한 걸음 한 걸음 설레는 마음으로 행복이에게 다가갔다. 눈, 코, 입, 손발이 다 있는 게 신기했다. 다시 한번 자세히 행복이 얼굴을 봤다. 다운증후군인가 확인하고 있었다. 나는 특수학교에서 특수교육실무사로 1년간 근무한 경험이 있다. 장애인 정보화 교육 강사로 수많은 장애인을 만났다. 행복이 얼굴을 아무리 봐도 특별한 무언가를 발견하지 못했다. 그때 행복이가 혀를 날름 내밀었다. 행복이의 작은 움직임 하나에도 기쁨이 넘쳐 흘렀다.

며칠 뒤 행복이가 다운증후군이라고 담당 선생님이 말했다. 설마 아니겠지 생각하고 있었는데 현실로 다가왔다. 당황스러웠다. 죄책감이 들었다. 내가 나이가 많아서, 건강 때문에, 별의별 생각이 꼬리에 꼬리를 물었다. 밤새 뜬눈으로 새웠다. 보조 의자에서 남편의 기도 소리가 들렸다. 나도 모르게 같이 따라서 기도하고 있었다.

"하나님. 행복이를 보내주셔서 감사합니다. 행복이가 건강하게 한글을 읽고 쓸 수만 있게 해주세요."

처음 행복이를 봤을 때 특이점을 발견하지 못했다. 아니 발견하고 싶지 않았다. 다운증후군 확진 판정을 받고 보니 눈이 조금 다르게 보였다. 다운증후군의 특징인 양 눈 사이가 조금 멀었다. 그리고 손바닥 중앙에 손금이 일자다. 또한 손과 발이 유난히 짧았다.

입원해 있으면서 인터넷으로 다운증후군에 대해 검색해 봤다. 네이버 검색에 의하면 다운증후군은 가장 흔한 염색체 이상 질환이다. 약 700~800명당 한 명의 빈도를 보인다. 정상적으로는 각 세포 당 21번 염색체가 2개씩 있어야 하는데, 다운증후군은 3개씩 있다. 이러한 21번 염색체의 수적 혹은 양적 과잉 때문에 지적 장애, 특징적인 얼굴 생김새, 유아기의 근육 긴장도 저하 등 대표적인 다운증후군의 증상과 징후가 나타나게 된다.

다운증후군이라는 말을 처음 들었을 때는 부정부터 했다. 오진일 거라는 생각을 했다. 자신을 자책했다. 행복이를 천사의 모습 그대로 받아들이기까지 시간이 필요했다.

남편과 나는 행복이의 다운증후군을 인정하고 받아들였다. 시부모님께도 행복이가 다운증후군이라는 사실을 전했다. 목사님, 선생님, 가까운 지인에게도 순차적으로 알렸다.

행복이를 신생아 중환자실에 남겨놓고 퇴원했다. 루푸스 약인 소론도 한 알 먹고 있는 상태에서 모유를 먹여도 되는지 담당 의사 선생님께 질문했다. 모유 수유가 가능하다고 했다. 집으로 와서 산후조리를 했다.

행복이한테 모유를 먹이기 위해 마사지까지 받았다. 유축기로 젖을 짰다. 젖을 짠 시간과 날짜를 기재해서 냉동고에 보관했다. 남편은 1주일에 한 번 병원으로 모유를 전달했다. 세 번 전달하니 행복이가 모유를 먹으면 설사한다고 그만 가져오라고 했다.

행복이는 한 달 만에 퇴원했다. 드디어 행복이를 내 품에 안았다. 행복이 머리 위로 눈물이 떨어졌다. 병원에서 입었던 옷을 다 벗겼다. 출산 준비로 해 두었던 배냇저고리를 입히고 손 싸개를 씌었다. 빨간 모자를 쓰니 건강해 보였다. 한 시간을 달려 집에 왔다. 아기 침대 위에 행복이를 눕혔다. 핑크색 이불을 덮어주었다.

행복이는 우유 한 번을 제대로 먹지 못했다. 배가 빵빵하도록 가스가 찼다. 나흘 만에 다시 원주기독병원 응급실로 갔다.

"선생님 행복이가 먹지도 않고 울기만 해요."

"항문이 워낙 작아서 그래요. 퇴원하기 전에 튜브로 항문을 키워서 퇴원시켰어요. 한 달 더 키워 줄 테니까 걱정하지 말아요."

행복이는 다시 신생아 중환자실에 입원했다.

일주일에 한 번씩 행복이 만나러 원주기독병원을 오갔다. 다시 한 달 만에 퇴원을 허락받았다. 인큐베이터에 두 달이나 있었다. 면역력 약한 행복이를 위해서 입원해 있는 내내 대청소를 했다. 행복이를 만나면 뭐라고 말할까? 사랑한다고 고생했다고 이제 제발 아프지 말라고…….

행복이가 왔다. 온 가족이 모여 박수로 맞이했다. 한 달 만에 다시 세 명이 됐다. 행복이가 온 후 집안 분위기 달라졌다. 행복이를 보기만 해도 웃음이 났다. 자는 모습만 봐도 신기하고 좋았다.

두 명에서 세 명이 된 우리 가족. 태명처럼 불행 끝, 행복 시작이다.

# 2

# 살아갈 힘이 되어 준 서울대학교병원 후원회

어려울 때 한 줄기 빛처럼 만난 서울대학교병원 후원회.
나도 누군가를 후원하는 삶을 살 수 있는 발판이 되었다.


행복이는 원주기독병원 신생아 중환자실에서 두 달 만에 퇴원
했다. 드디어 인큐베이터에서 해방이다. 기쁨도 잠시 행복이는 여
전히 우유도 안 먹고 울기만 했다. 전처럼 배가 빵빵하게 부풀어
올랐다. 집 근처 홍이 소아청소년과로 갔다. 선생님은 청진기로
배, 가슴을 진찰하고 X-ray를 찍었다. 진료실에 결과를 보러 들어
갔는데, 원장님은 방금 찍은 사진을 보고 있었다.

"행복이 어머니. 배에 가스 찬 거 보이죠? 선천성 거대결장이
에요."

"선천성 거대결장이 무슨 병이에요?"

"선천적으로 결장 일부분에 부교감신경이 없는거예요. 변이 항

문 쪽으로 내려가지 못하고 쌓이는 증상이에요. 행복이 변은 언제 봤어요?"

"퇴원하고 한 번이요."

"빨리 수술해야 해요. 지금 수술 안 하면 잘못될 수도 있어요. 충주 건대병원 소아청소년과를 통해 서울대 어린이병원으로 연결해 줄게요."

"서울대 병원에 가서 수술하면 괜찮을까요?"

"너무 걱정하지 말아요. 연결해 줄게요."

"네. 고맙습니다."

소아청소년과에서 나오자마자 남편은 충주 건대병원 응급실로 갔다. 나는 입원할 준비물을 챙겨 뒤따라갔다.

행복이는 신생아 중환자실 인큐베이터로 신속하게 옮겨졌다. 일주일간 금식 명령이 떨어졌다. 신생아 중환자실 유리문 밖에서 행복이를 바라봤다. 유난히 하얀 피부가 창백해 보였다.

서울대 어린이병원 입원 오더가 떨어졌다. 구급차로 이동해야 한다. 구급차에 보호자 한 명만 탈 수 있다.

"여보. 내가 행복이와 구급차 타고 갈게요. 당신은 동생 차를 타고 천천히 와요."

"알았어요. 기도하면서 갈게요."

남편은 구급차를 타고 먼저 출발했다. 나는 시누이가 운전하는 차를 타고 갔다. 서울대 어린이병원 응급실에 도착했다. 남편이 먼저 입원 절차를 밟아 놓은 상태다.

　행복이 몸에는 수술에 필요한 온갖 장치와 채혈로 여기저기 붕대가 감겨있다. 어린 행복이는 인상을 찌푸린 채 눈을 질끈 감고 있다. 가냘프게 심장만 뛰고 있다. 남편은 내 손과 행복이 손을 꼭 잡았다. 병실 문이 열렸다. 의사 선생님이 우리 쪽으로 걸어왔다.
　"행복이 채혈하려고 왔어요."
　"또 채혈한다고요? 조금 전에도 했는데요?"
　"검사 결과 수치가 안 좋은 게 있어요. 한 번 더할게요."
　"많이 아플 텐데……."
　"아이들은 어른보다 아픔을 잘 못 느끼니 걱정하지 마세요."
　의사 선생님은 찬찬히 팔과 다리를 살펴본다. 발뒤꿈치에 주삿바늘을 찌른다. 피가 잘 안 나오자 발을 콩콩 친다. 나는 놀라 행복이 몸을 꼭 안는다.
　"아이들 채혈은 원래 이렇게 해요."
　행복이는 태어난 지 80일 만에 수술대에 올랐다. 대기실 앞에 앉았다.
　"여보. 수술 잘 될 테니 마음 편히 가져요."

"수술도 수술이지만, 병원비를 어떻게 마련해야 할지 걱정이에요."

"병원비는 나중에 생각하고 우선 행복이 수술만 잘 되기를 기도해요."

'수술 중'이라는 글씨가 깜빡거리는 전광판을 뚫어지게 쳐다봤다. 남편은 대기실 앞을 서성거린다. 전광판에 불이 들어오면 벌떡 일어나 앞으로 가본다. 다른 사람 이름을 확인하고 다시 자리에 와 앉는다. 수술 대기실에 앉아 있던 사람들이 하나, 둘 병실로 갔다. 이름이 뜨기를 간절히 기다린다. 전광판에 드디어 행복이가 떴다. 수술실 앞으로 달려갔다.

"행복이 보호자 계신가요?"

"네. 여기 있어요."

"행복이 수술이 잘 됐습니다. 회복실에서 지켜보고 있습니다."

"감사합니다. 선생님. 병실로 언제 옮기나요?"

"내일쯤 옮길 거 같습니다. 간호실에서 연락할 겁니다."

당장 수술비가 막막했다. 인큐베이터에 두 달 있으면서 병원비가 만만치 않았다. 이번에는 수술비만 600만 원 이상 나온다고 했다. 1차 수술로 끝나는 것이 아니라 2차 복원 수술도 해야 한다. 혹시나 하는 마음으로 병원 내 사회공헌실에 찾아갔다. 담당 사회복지사는 친절하게 상담해 주었다.

"선생님. 행복이가 선천성 거대결장 수술을 하는데 병원비 때문에 걱정이 많아요."

"잘 오셨어요. 혹시 보험은 들어있나요?"

"제가 희귀 난치 질환인 루푸스라 행복이가 태어나면 들으려고 했는데, 태어나면서 다운증후군 진단받고, 이렇게 선천성 거대결장까지 걸려 보험을 못 들었어요."

"대상자가 될지 모르겠지만, 일단 서류 10개 제출해 주세요."

"감사합니다. 선생님."

"행복이 어머니, 힘내세요."

사회복지사 선생님의 친절한 안내에 힘이 났다. 차량 등록증, 재산세, 진단서, 보험 미가입 확인서 등 10가지 서류를 제출했다. 결과가 나오기까지 며칠 걸린다.

수술 후 사흘이 지났다. 행복이가 병실로 옮길 수 있다는 연락을 받았다. 남편과 나는 다시 병실로 왔다. 회복실에서 행복이를 만났다. 배에 장루를 달고 있다. 장루에 가스가 차면 수시로 빼 주어야 한다. 행복이는 다행히 분유도 조금씩 먹기 시작했다.

서울대학교병원에서 사회공헌 대상자로 선정되었다는 연락이 왔다. 이번 수술뿐만 아니라 1년간 모든 수술비와 병원비가 전액 지원된다. 노심초사하며 기다리고 있던 병원비가 해결됐다. 병원비 때문에 밤잠 설쳐 가며 고민했던 순간들이 주마등처럼 지나갔다. 좁은 병실에서 혼자 행복이를 감당했던 남편에게 고맙고 미안했다. 사회복지를 공부하면서 의료 차상위 제도를 알게 되었다. 행복이가 입원하면서 서울대학교병원 내 사회공헌 제도가 있음을 알고 찾아가서 혜택을 받았다. 기도하고 찾고 두드리니 열렸다. 남편과 나는 행복이를 지원해 준 서울대학교병원 후원회처럼 우리도 후원하는 삶을 살자고 약속했다. 지금 우리 가정은 다른 사람을 위한 나눔을 실천 중이다.

# 3

## 걷기까지 28개월

행복이를 위해 내가 해줄 수 있는
최고의 응원은 기다림과 신뢰다.


행복이는 태어난 지 80일 만에 선천성 거대결장수술을 받았
다. 백일도 병원에서 보냈다. 장루를 달고 3주 만에 퇴원한 행복
이를 위해 구석구석 먼지부터 쓸고 닦았다. 복원 수술을 하려면
몸무게가 5kg이 돼야 한다. 행복이는 뼈만 앙상하게 남아 유난히
쌍꺼풀이 크다. 2차 수술을 위해 살을 찌워야 했다. 일반 분유는
소화가 안 돼 특수 분유로 바꿨다. 행복이는 젖병을 조금 빨다 젖
꼭지를 물고 잠이 든다. 젖병을 빙글빙글 돌려 깨운다. 자다 깨서
조금 먹고 또 잠이 든다. 행복이를 안고 방을 서성인다. 움직이면
우유를 조금이라도 더 먹을까 하는 바람 때문이다.

드디어 4개월 만에 5kg이 되었다. 살을 찌웠다는 기쁨과 또 수술해야 하는 현실이 교차했다. 복원 수술을 했다. 행복이 배에 커다란 수술 자국이 선명하게 있다. 장루가 있던 자리에 염증 물이 가득 있다. 하루에도 몇 번씩 봉합했던 실을 제거하고 상처를 벌려서 염증 물을 밖으로 빼내야 한다. 깨끗한 거즈로 갈아주는 치료를 계속했다. 며칠이 지나자 상처 주변에 빨갛게 염증이 있던 것들이 좋아졌다. 붉게 물들었던 피부도 조금씩 옅어졌다. 이제 장루에서 해방되었다. 수술 후 관리가 더 중요하다. 방귀만 뀌어도 오줌을 누어도 설사처럼 기저귀에 변을 지린다. 하루에 15번 이상 기저귀를 갈아 주어야 한다.

8개월에 접어들었다. 남편은 새벽같이 일어나 씻고 새벽기도를 갔다. 나는 뒤척이다 겨우 일어났다. 어제저녁에 먹었던 된장찌개를 데웠다. 김치를 썰었다. 김을 꺼내 먹기 좋게 잘랐다. 행복이를 위해 분유도 탔다. '엄마' 소리가 들렸다. 내 귀를 의심했다. '엄마' 또 들렸다. 방으로 뛰어갔다.

"그래. 엄마야 엄마."

남편이 집에 오는 소리를 듣자마자 현관으로 달려갔다.

"여보. 여보. 행복이가 처음으로 엄마라고 불렀어요. 행복아! 엄마 해봐 엄마."

"진짜요? 행복아. 아빠 해봐 아빠."

"아빠가 아니고 엄마라고 불렀어요."

"에이, 아빠를 불렀겠지. 행복이가 아빠를 제일 좋아하는
데……."

남편의 어깨가 들썩였다. 나도 남편의 어깨를 감싸 안고 얼굴
을 묻었다.


발달이 느린 행복이 치료를 위해 12개월에 재활의학과를 찾았
다. 의사 선생님은 작은 반사 망치로 무릎, 발목을 툭툭 치며 신
경검사를 한다. X-ray 사진도 찍었다. 일주일에 두 번 치료하기로
했다. 월, 수 8시 30분 첫 타임이다. 물리치료사 선생님은 행복이
와 친해지기 위해 놀이부터 한다. 낯가림이 심한 행복이를 위해
나도 같이 앉았다. 행복이는 고개를 완전히 돌려 반대쪽에 있는
나만 본다. 행복이가 좋아하는 곰돌이 푸 인형을 손에 쥐어주었
다. 인형으로 달래도 소용없다. 치료 선생님과 행복이 특성을 얘
기하고 앞으로 어떻게 치료할 것인지 대화하고 집으로 돌아왔다.

수요일에 치료실을 갔다. 평행봉을 잡고 일어서고 걷는 연습을
했다. 한 발, 한 발 앞으로 걸어 나갔다. 평행봉을 잡고 천천히 걷
는 모습에 박수와 환호성이 절로 나왔다. 행복이는 나를 힐끗 보
더니 걷기 싫은지 두 발을 들어 버린다. 치료 선생님은 행복이 두

손을 잡고 다시 앞으로 걷기 시작한다.

치료 선생님이 했던 방법대로 나는 방에서 행복이 두 손을 잡았다. 하나둘, 하나둘 리듬에 맞춰 걸을 수 있도록 연신 구령을 외쳤다. 행복이는 조금 걷다가 두 발을 반짝 들어 버린다. 발이 땅에 닿지 않는다.

"행복아, 한 번 더 걸어 보자."

고개를 절레절레 흔든다. 어떤 말로도 소용없다. 옆에서 볼 때는 별 동작 아니었는데, 막상 내가 해주려니 어렵다.


두 돌이 지났다. 행복이는 아직도 걷기 싫어했다. 안아 달라거나 두 발을 들어 움직일 생각을 안 한다. 불안하고 초조해졌다. 치료를 받은 지 1년이 넘어갔다. 담당 의사 선생님께 상담을 요청했다.

"선생님, 행복이가 언제쯤 걸을 수 있을까요?"

"발달 상태가 좋습니다. 곧 걸을 수 있을 것 같습니다. 조금만 기다려 주세요."

오늘도 걷기 연습이 한창이다. 사면 계단에서 치료 선생님은 두 손을 잡고 걷는다. 행복이가 계단을 잡고 걷는다. 잘하다가도 무슨 심통이 났는지 주저앉아 버렸다. 고집부리고 앉으면 일어날 생각을 안 한다. 왜 그런지 말이라도 해주면 좋으련만…… 사람들은 지나가면서 행복이를 보고 수군수군한다.

다운증후군은 천사 병이라고도 한다. 하나님이 우리 가족에게 보내준 특별한 선물이다. 행복이의 손짓하나, 몸짓하나에 반응하고 감사해한다. 행복이는 요즘 내가 안 보이면 '자기야'라고 부른다. 아빠가 나를 '자기야'라고 부르는 소리를 그대로 따라 한다.

"행복아, 자기야는 아빠가 엄마를 부를 때 하는 말이야. 행복이는 엄마라고 부르는 거예요."

"히히히."

보조개가 쏙 들어가며 행복이가 웃는다. 행복이는 언제나 웃는다. 나만 불안해했다. 의사 선생님의 말씀처럼 기다려야 한다. 꼭 걸을 거라는 믿음을 가지고 기다려본다.


행복이가 곧 걸을 거라고 말한 지도 석 달이 지나간다. 여름에서 가을로 바뀌었다. 탄금대 공원에 원터치 텐트를 쳤다. 행복이가 좋아하는 치킨을 꺼냈다. 나는 날개를, 남편은 닭다리를, 행복이는 닭가슴살을 먹는다. 행복이는 연신 '마시쪄.(맛있어)'를 외친다. 치킨을 미끼로 걷기를 시도했다. 걷는 재미를 붙여주기 위해 삑삑이 신발을 신겼다. 나는 텐트에 앉아 뒷정리를 했다. 남편은 행복이가 걸을 수 있도록 양손을 앞에서 잡아 준다. 삑삑 소리가 점점 멀어져 갔다. 다시 소리가 들린다. 공원을 한 바퀴 돌아왔다. 기특한 내 새끼, 나는 엄지 척을 해준다. 주말마다 집중적으로 걷는 훈련을 한다.

　남편은 거실에 숫자판을 펼쳐놓았다. 숫자 1위에서 "일"이라고 말하고, 2위에서 "이"라고 말했다. 가만히 앉아 그 모습을 지켜보던 행복이가 몸을 움직이기 시작했다. 어떻게든 아빠 쪽으로 기어가려나 생각했다. 28개월. 행복이는 걷지 못했다. 온 가족의 안타까움 속에서 힘든 시간을 보냈다. 남편은 계속해서 숫자를 큰 소리로 읽었다. 행복이는 자신도 그 놀이에 함께 하고 싶다는 생각을 하는 듯했다. 거실이었다. 모두가 남편과 행복이를 지켜보고 있었다. 다시 용을 쓴다. 꿈틀거렸다. 할아버지와 할머니의 눈이 커졌다. 나도 순간 세상이 멈춘 것 같았다. 28개월. 행복이가 걸었다.

# 가족 노래자랑 참가

가족사랑은 아낌없이 주는 나무다.

행복이가 네 살 된 2016년 봄. '가족 노래자랑' 참가 요청이 들어왔다. 5월 가정의 달을 맞이하여 충주시 여성단체협의회가 주관하는 대회다. 행복이는 무럭무럭 자라 어느덧 31개월. 아이는 스스로 걷기 시작한 지 얼마 안 되었고 시어머니는 무지외반증으로 발가락이 기형으로 변했다. 더군다나 시댁은 낡은 주택 2층이다. 24개의 계단을 거꾸로 기어 내려와야 한다. 참여하고 싶은 마음은 굴뚝같지만, 아이와 시부모님의 거동이 걱정이다. 일단 우리 셋은 참여하기로 했다. 시부모님께 조심스럽게 말을 꺼냈다.

"아버님, 어머님. 가족 노래자랑 대회가 있어요. 참가하려고 하는데 같이 하실 수 있어요?"

"행복이한테 좋은 추억이 된다면 당연히 해야지."

"행복이를 위해 나도 노래할게."

시부모님은 흔쾌히 참여하기로 했다.


참가할 노래 선정을 위해 다시 시부모님 댁에 모여 둥그렇게 둘러앉았다. 행복이는 테이블 위에 있는 바나나를 양손에 움켜쥐었다. 행복이의 귀여운 모습에 가족들 사이에서 웃음꽃이 핀다.

"5월 28일 가족 노래자랑에 참여하기로 했어요. 어떤 곡을 부르면 좋을까요?"

"가요 중에 편하게 부를 수 있는 잔잔한 곡은 어때요?"

"에미야. 요즘 행복이가 무슨 노래 잘 부르니?"

"올챙이송 잘 불러요. 율동도 하고요."

"그럼, 고민할 것도 없이 올챙이 송으로 하자."

어머님은 행복이를 먼저 생각했다. 행복이가 자신 있게 부를 수 있는 '올챙이송'으로 정했다. 할머니의 사랑은 아이뿐 아니라 아이를 키워나가는 엄마에게도 든든하고 큰 의지가 된다. 이렇게 역사적인 첫 가족 팀이 결성되었다. 팀 이름을 태명을 따서 '행복둥이'로 적었다. 신청서와 가족관계증명서를 제출했다.


노래 연습에 들어갔다. 시댁에 시부모님, 행복이와 남편과 나까지 다섯 명이 둘러앉았다. 유튜브를 검색해 '올챙이 송'을 틀었다. 익숙하고 좋아하는 노래가 나오자 행복이의 엉덩이가 들썩거렸다. 한창 노래 연습을 하고 있을 때 사람 좋은 시누이가 방으로 들어왔다.

"가족 노래자랑 나간다면서요? 노래 연습은 잘 돼가요?"

"아직이요. 아가씨도 같이 나갈래요?"

"아니요. 사람 앞에 서는 거는 부담스럽고 저 대신 딸 둘 내보낼게요."

"오, 좋아요. 우리 율동 좀 가르쳐 주세요."

아가씨의 진두지휘 아래 다시 노래와 율동 연습을 했다. 리듬에 맞춰 양손과 몸을 좌우로 열심히 흔들었다. 방향이 제각각이다. 시누가 두 손으로 킹콩처럼 가슴을 쳐댄다.

"무조건 오른쪽부터 할게요."

'앞다리가 쏙'을 부를 때 한 발을 드는데 행복이는 엎드려서 한쪽 발을 든다. 한 발을 드는 것이 어려운가 보다. 위기가 곧 기회라고 엎드려서 하는 게 오히려 더 재밌는 것 같아서 우리는 행복이에게 맞춰 모두 엎드려서 한쪽 발을 들었다.


노래자랑 하는 날이 왔다. 총연습을 위해 충주호암예술관으로 행복이와 남편, 셋이 갔다. 무대 위로 올라갔다. 행복이는 처음으로 서는 무대다. 신이 나는지 행복이가 갑자기 무대를 이리저리

왔다 갔다 한다. 우리도 그런 행복이가 처음이라 당황해서 이리 저리 잡으러 다니느라 정신이 없었다. 어설프게 총연습을 마쳤다.

시부모님을 모시러 갔다. 1층으로 내려와 휠체어를 타고 기다리신다. 감사함과 동시에 죄송한 마음이 커졌다. 총 연습할 때는 비어있던 관중석이 꽉 찼다. 사람이 이렇게 많이 올 줄은 몰랐다. '괜히 망신만 당하는 거 아니야. 지금이라도 못한다고 할까?'


엄마의 기분을 알 턱이 없는 조카 둘과 행복이는 뻑뻑이 신발을 신고 씩씩하게 무대에 선다. 아버님은 어머님이 탄 휠체어를 밀고 남편과 내가 뒤따라 입장했다. 행복이는 우리를 줄 맞추어 설 수 있도록 손짓을 한다. 무대 앞에 다 서고 나자 행복이는 양 팔을 씩씩하게 흔들며 무대 한가운데로 나아갔다. 행복이와 동갑인 조카는 행복이를 자꾸 뒤로 끌어당긴다.

사회자가 우리 가족을 소개한다.

"행복둥이 팀을 소개합니다. 할아버지 할머니, 아들, 며느리에 손녀까지 3대가 나왔습니다. 부르실 곡목은 올챙이송입니다. 큰 박수 부탁드립니다!"

전주가 흘러나오자 행복이는 다시 한 발 앞으로 나갔다. 조카는 행복이 옷을 잡아 뒤로 또 끌어당기며 토닥거린다. 앞다리가 쏙~ 뒷다리가 쏙~ 노래를 부르며 문제의 부분에서 우리 모두 엎드려 발을 들었다. 관중석에서 왁자한 웃음과 박수 소리가 터져 나왔다. 좋은 분위기에 기운이 나서 온 힘을 다해 팔짝팔짝 뛰면서 율동을 했다. 정말 노랫말대로 팔짝팔짝 개구리 됐다. 어머님은 휠체어에 앉아 생글생글 웃으며 노래와 율동을 했고 아버님은 어머니의 곁에서 휠체어를 잡고 신나게 노래를 불렀다. 노래하는 내내 박수와 응원의 함성이 끊이지 않았다.

수상 발표를 앞두고 모든 참가자가 무대 위로 올랐다. 공연하기 전에는 망신만 안 당했으면 좋겠다고 걱정을 해 놓고선 공연을 끝내고 나니 감히 참가상을 탐내본다. 으뜸상부터 사랑상, 행복상, 기쁨상 하나하나 호명이 끝나 가는데 우리 팀은 불리질 않는다. 떨어졌다고 포기하고 있는데 1등 화목상에 '행복둥이'가 불렸다. 우리는 어리둥절하고 행복이와 조카들은 좋아서 팔짝팔짝 뛰며 손을 위로 흔들었다. 아버님과 어머님도 좋아했다. 결혼한 이후에 아버님이 그렇게 기뻐하시는 모습은 처음 봤다. 화목상. 삼대가 한마음이 되어 노래 부른 우리 가족에게 최고로 어울리는 상이다. 영광스럽게도 시장님이 직접 시상을 했다. 아버님과 휠체어를 탄 어머님이 대표로 상을 받았다. 축제였다.

집에 도착하니 11시가 넘었다. 행복이는 차에서 쌔근쌔근 잠

이 들었다. 천사가 따로 없다. 온종일 몸고생 마음고생에 천근만
근 피곤한데 잠이 오지 않는다. 밤에 하루를 곱씹다가 시부모님
사랑에 감사했다. 대회 날 장장 6시간을 휠체어에 앉아 계셨다.
대회뿐만 아니라 평생을 그렇게 부모라는 이름으로 기꺼이 수고
하고 감내하며 살아오셨을 것이다. 부모님이 만들어 준 오늘을
자식이 얼마나 감사히 누리고 있는지를, 그리고 내 자식에게로
그 사랑을 흘려보내야 한다는 것을 가족 노래자랑 대회를 통해
깨달았다.

가족이란 남들은 다 '어' 해도 우리끼리는 '아'라고 입을 맞춰주
고 위로가 되어 주는 존재들. 가족사랑은 아낌없이 주는 나무다.

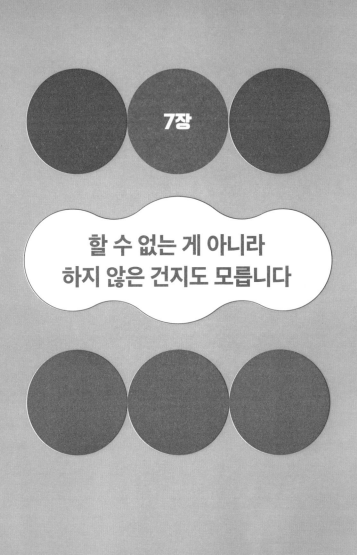

**7장**

할 수 없는 게 아니라
하지 않은 건지도 모릅니다

# 그들이 있어 내가 있다

2022년 4월. 중학과정 검정고시에 80세 청각장애인
순정 할머니가 충북에서 최고령으로 합격했다. 순정 할머니처럼
늦깎이 학습자들이 있어 내가 있다. 나는 문해학습자들이 자신의 삶을
주인공으로 찾아가는 길에 동행하고 있다.

하얀 백발에 꽃무늬 옷을 입은 할머니와 젊은 여성이 나란히
교무실로 들어왔다.

"여기가 한글 공부하는 곳인가요? 엄마가 공부하고 싶어 하세
요."

"잘 오셨어요. 한글 공부하는 곳 맞아요. 따님이 모시고 오셨나
봐요."

"우리 막내딸이에요."

"어머니 참 고우세요. 연세가 어떻게 되세요?"

"곱기는. 일흔아홉이나 됐어요. 초등학교 졸업장은 있는데 벌써 70년 전에 배웠던 거라 기억이 나지 않아요."

"아, 그러세요. 한글반 중에서 가장 고급반으로 배정해 드릴게요."

"그런 반이 있어요?"

"그럼요. 한글도 배우고, 캘리그래피, 노래, 악기도 배울 수 있어요."

"엄마가 좋아하는 거 다 있네요. 선생님, 잘 부탁드릴게요."

순정 할머니는 그 자리에서 바로 입학을 결정했다. 1년을 열심히 공부했다.


순정 할머니는 올해 초 상담을 신청했다.

"교장 선생님. 상의할 게 있는데 시간 내줄 수 있어요?"

"아 그럼요. 무슨 일 있어요?"

"선생님. 저 중학교 공부하고 싶어요."

"잘 생각하셨어요. 중학과정은 두 가지 방법이 있어요. 검정고시반과 학력을 인정해 주는 반이요."

"두 반 차이가 뭐예요?"

"검정고시는 시험에 합격해야 졸업하는 거고요. 학력인정반은 3년 다니면 졸업장을 받는 거예요."

"3년이나요?"

"네, 한글반처럼 재밌게 공부하시면 돼요."

"전 검정고시 할래요."

"검정고시 하다가 어려우시면 언제든지 말씀해 주세요."


순정할머니는 충주열린학교 검정고시반 최고령 학생이 되었다. 순정할머니는 언제나 맨 앞자리에 앉았다.

수학 시간이다.

"오늘은 원주각과 중심각을 배울 거예요. 원주각은 원 테두리를 지나가는 각, 중심각은 가운데 있는 각이에요. 중심각은 원주각의 2배예요."

"원주각이 40도면 중심각은 80도예요. 그럼 문제 낼게요. 원주각이 30도면 중심각은 몇 도일까요?"

"60도"

"와, 맞아요. 60도예요. 우리 순정 할머니께 손뼉 쳐 주세요."

순정 할머니는 크게 대답한다. 우리 반에서 나이가 가장 많지만, 공부에 대한 열정도 제일 뜨겁다.


벚꽃이 만발한 4월. 검정고시 시험 날이다. 아침 6시 30분 고사장으로 모였다. 캐노피를 치고 책상과 의자를 펼쳤다. 수험표와 컴퓨터 사인펜, 물, 사탕, 초콜릿을 챙겼다. 마음 졸이며 대기하는 늦깎이 수험생을 위해 응원한다. 박수와 격려 속에 입실한다. 시험을 마치고 나온 순정 할머니의 표정이 밝았다.

"시험 보느라 고생 많았어요. 답은 잘 적어 왔지요?"

"답 적어 오는 거예요?"

"시험지에 답 체크 안 했어요?"

"한 것도 있고, 안 한 것도 있어요."

"그럴 수 있어요. 이따 5시에 정답 보내드릴 건데, 걱정하지 마세요."

"이 나이에 시험 볼 수 있는 것만도 기뻐요. 다 선생님 덕분이에요."

"어머니, 푹 쉬고 다음 주에 봬요."

"선생님. 고마워요. 이 은혜 잊지 않을게요."


시험 당일 임시채점 결과 초, 중등반 전원합격이다. 순정 할머니는 시험지에 답을 체크 안 해왔다. 합격자 발표가 날 때까지 중등반에 남기로 했다. 같이 공부했던 학생들은 모두 고등 반으로 올라갔다.


순정 할머니가 학교로 전화를 했다.

"선생님. 합격자 발표 났나요?"

"아직이요. 이번 달 10일에 발표 나요."

"교육청에서 최고령합격자라고 연락 왔는데 거짓말이죠?"

"최고령합격자라고요?"

"네."

"와 축하드려요. 맞아요. 최고령합격자는 미리 연락 와요."

"진짜 합격했다고요? 선생님. 감사해요. 만세!"

"최고령 합격이라니……. 대단해요."


최고령합격자인 순정할머니는 충청북도교육청 부교육감이 직접 합격증을 수여했다. 각지에 흩어져 살던 여섯 딸 중에서 네 딸이 교육청에서 모였다. 꽃다발에 케이크까지 준비해 온 딸들은 합격증을 받을 때 얼굴을 붉혔다. 순정할머니는 합격증을 받으며 연신 싱글벙글이다. 순정할머니는 늦깎이 검정고시 우수사례로 선정되어 신문에 대대적으로 보도되었다.


20년째 문해 교육현장에 있다. 40대부터 80대까지 다양한 나이가 검정고시에 도전하는 모습을 보았다. 더디 가더라도 포기만 안 하면 합격할 수 있다. 검정고시 합격에 감격의 눈물을 흘리기도 했고, 불합격에 아픔의 눈물을 흘리기도 한다. 자신의 삶에 주인공이 되어가는 길에 동행하는 일은 축복이다. 늦깎이 학습자들이 열심히 공부하는 모습에 동기 부여를 받는다. 새벽 독서를 하고, 대학원에 다니고, 한국어 교원 자격증에 도전했다. 그들에게 도움을 주고 같이 성장하기 위해 꾸준히 노력한다.

# 2

# 배움에 대한 열망은 누구에게나 있다

어려움이 있어도, 나이가 들어도 배움에 대한 열망은 누구에게나 있다.
그 배움을 지지하고 응원한다.

어린 시절 가난 때문에, 여자라는 이유로 배움의 때를 놓친 분
들이 있다. 충주열린학교는 학업의 꿈을 접었던 분들에게 배움의
기회를 주는 곳이다. 늘 열정으로 가득하다.

일흔두 살의 남옥 할머니는 2022년 6월에 입학했다. 10개월
동안 공부했다. 노은면에서 첫차를 타고 학교에 8시, 1등으로 등
교한다. 1교시 한글. 2교시 노래, 건강 체조, 글쓰기, 캘리그래피,
문인화 등 여러 가지를 배운다. 점점 배움의 열망이 커져갔다.

중복 더위에 땀을 뻘뻘 흘리며 집에서부터 수박을 한 통 사들
고 교무실로 들어왔다.

"교장 선생님. 수박 드셔유."

"날도 더운데 무거운 수박까지 들고 오셨어요?"

"선생님 은혜에 비하면 수박은 아무것도 아녀유."

"감사합니다. 잘 나눠 먹을게요."

"내 평생 이런 곳이 있다는 것을 처음 알았다니까요. 진작 알았으면 마음도 편했을 텐데유."

"지금이라도 어머니가 오셔서 저도 좋아요. 같이 공부하고, 노래도 부르니 좋죠?"

"그럼유. 한글을 알았더라면 남편 보상도 받았을 텐데……."

"맞아요. 어머니. 저도 속상해요."

"먹고살기 바빠 그저 자식만 보고 살았어요. 공부도 하고, 친구들과 손뼉 치고 노래하다 보니 몸도 건강해졌어요. 시간이 왜 이렇게 빨리 가는지 벌써 여름이구먼요."

"어머니가 즐거워 하니까 저도 좋아요."

"학교 오는 시간이 제일 행복해요. 선생님 덕분에 상까지 받고. 내 평생 이런 날이 올 줄 알았나요."

"어머님이 대단하셔요. 아무나 이렇게 못해요."

남옥 할머니를 꼭 끌어안아 주었다. 어깨가 축축해진다.


남옥 할머니는 올봄 자신의 인생을 편지로 썼다. 성인 문해 백일장에서 최우수상을 받았다. 처음에는 자신의 이야기를 꺼내는 게 쉽지 않다. 한글 공부가 매개체가 되었다. 살아온 세월을 하나 하나 풀어놓기 시작했다. 남옥 할머니는 마흔에 혼자됐다. 남편은 월남에서 병에 걸려 돌아왔다. 집에 오자마자 거동도 못 하고 끙끙 앓다가 돌아가셨다. 먼 땅에서 힘들게 일하다 온 남편이 이유도 없이 앓는데 약은커녕 왜 아픈지조차 몰랐다. 식구들은 속이 새카맣게 탔다. 배운 게 없어 제대로 보상도 받지 못했다. 삼 남매를 위해 온갖 고생을 했다.

남편을 잃고 친정엄마와 같이 살았는데 5년 전 친정엄마마저 돌아가셨다. 친정엄마까지 곁을 떠나자 하늘이 무너지는 슬픔과 허탈함에 빠졌다. 복지관에서 충주열린학교를 소개해주어 한글을 배우게 되었다. 생계와 가족의 불행으로 삭막했던 마음을 학교에서 내려놓을 수 있었다. 비슷한 처지인 친구들이 함께 공부하고, 속 얘기를 할 수 있어 든든했다.

창의적 체험활동 시간. 키오스크를 처음 가르치는 날이다. 최근 음식 주문과 결제를 키오스크를 사용하는 가게가 많아졌다. 디지털 배움터에서 기계를 대여했다. 교탁 앞에 설치했다. 웅성웅성하는 소리가 들린다. 시작도 안 했는데 늦깎이 학습자들은 긴

장부터 한다. 시범을 보인다. 한식에서 갈비탕 2개, 음료 칸에서 콜라 1개를 선택했다. 바구니에 담았다. 포장을 선택하여 결재 버튼을 눌렀다. 한 사람씩 일대일로 수업했다. 남옥 할머니는 키오스크를 배우며 눈을 반짝였다. 화면을 터치할 때마다 웃음보가 터졌다.

"누르니까 되네. 어머, 신기해. 선생님 제가 음료수 사드릴게유."

재밌게 배운 키오스크 내용을 시로 썼다. 전국 문해 교육 시화전에서 우수상을 받았다. 이 시는 감자꽃 중창단에서 노래로 만들어졌다.


눈에 보이는 글자


주문 기계 앞
떨리는 손으로 된장찌개
학교에서 배운 대로
몇 번을 꾹꾹 눌러 드디어 성공!

기계로 주문하는 가게
나 혼자 갈 수 있네
기계로 음식을 주문하는 세상

남들 다 읽는 간판 앞에서

꼭 가야 하는 은행에서

장사할 때 손님이 낸 카드 앞에서

얼굴이 화끈거렸지

멀쩡히 눈을 뜨고도 세상이 까맸다


이제는 보이네

내 입에서 나오는 말이

눈에 보이는 글자가 되는 게

한글을 배우는 재미가 쏠쏠하네


　20년을 문해 교육 현장에 있으면서 수많은 사람을 만났다. 암 투병했던 분, 이혼의 아픔, 사별의 아픔, 건강 악화 등 다양한 사연의 주인공들이 공부했다. 꼭꼭 숨겨두었던 자신의 이야기를 글로 풀어내고 편지도 쓴다. 표정도 밝아지고, 남들 앞에서 자신의 이야기를 떳떳하게 말할 수 있다. 각종 대회에서 상을 타면서 자존감도 높아졌다. 노래하면서 웃음꽃이 피었다. 사람은 누구에게나 배움에 대한 열망이 있고, 끊임없이 배우면서 새로운 자아를 찾는다. 그들을 지지하고 응원하며 함께 성장한다.

# 3

# 학교 밖 청소년의 검정고시 도전

학교 밖 청소년의 꿈을 찾는 징검다리가 되어 준 충주열린학교.
내가 운영하는 학교다.


충주열린학교는 한글부터 고등반까지 다양한 수업을 한다. 주
대상은 성인이다. 2012년부터 학교 밖 청소년의 검정고시 문의
전화가 부쩍 늘었다.

"검정고시 하는 학원이지요?"

"학원은 아니구요, 비영리민간단체에요."

"고등학교 1학년까지 다니다 그만뒀는데요. 열린학교에서 공
부할 수 있나요?

"여기는 성인들이 공부하는 곳이에요."

"열린학교잖아요. 누구에게나 열려있는 곳 아닌가요?"

"그렇긴 한데, 청소년 수업과 수준이 안 맞아요."

"저도 아무것도 몰라요. 수업 들을 수 있게 해주세요."

"수업 시간에 휴대전화 수거함에 놓을 자신 있어요?"

"네. 밖에 놓을게요."

"수업 방해하면 안 돼요."

"걱정하지 마세요."


서약서에 사인하고 민호가 입학했다. 훤칠한 키에 쌍꺼풀이 짙다. 축구 특기생이다. 고1까지 선수 생활을 하다가 부상을 당한 후, 축구 선수가 되겠다는 꿈이 좌절되면서 방황하는 친구였다. 검정고시 과목 중 선택과목으로 체육을 택했다. 축구에 관한 문제가 나왔다. 당연히 맞출 줄 알았다.

"민호야, 축구 선수였는데 실수한 거지?"

"이게 축구 문제였어요?"

오히려 나한테 물어본다. 몇 달은 잘 출석하다가 또 몇 달은 안 나온다. 전화하니 아르바이트 중이라고 한다. 형편이 어려운 줄 알고 걱정했다. 며칠 뒤 콧대를 세우는 성형 수술을 하고 나타났다. 고등 검정고시는 7과목으로 평균 60점 총점 420점 이상이면 합격이다. 첫 모의고사를 봤다. 평균 40점대가 나왔다. 70대 어르신들도 60점대 나온 모의고사였다.

"조급하게 생각하지 말고 한 과목부터 차근차근히 해보자."

"제가 알아서 할게요."

알아서 한다고 말하는 사람들이 제일 어렵다. 시험일이 다가오는데 연락이 없다. 원서접수를 못 했다. 시험을 며칠 앞두고 나타났다.

"선생님 시험 보려고 하는데요."

"원서접수 기간 지나서 시험 못 봐."

"시험 보는 날 현장 접수하면 안 돼요?"

"현장에서 접수하는 시험도 있니? 원서접수는 두 달 전에 하는 거야."

"알았어요. 다음에 볼게요."

나는 청소년과 안 맞는다고 생각했다.


민호가 첫 검정고시 시험을 봤다. 392점으로 떨어졌다.

"민호야. 실망하지 말고 다시 해보자."

전화해도 안 받는다. 몇 달 뒤 민호가 다시 나타났다.

"선생님 저 뭐 뭐 공부해야 해요?"

"두 과목만 열심히 해서 성적 올릴까?"

"아니요. 전 과목 다 다시 볼래요."

두 번째 시험에서 416점으로 또 떨어졌다. 세 번째 시험에 합격했다.

충주열린학교에서 대학교 입학설명회를 개최했다. 충주 지역의 인근 대학교 중심이다. 민호는 대학은 정했는데 어떤 과를 가야 할지 고민했다.

"사회복지과도 있고, 물리치료과도 있어."

"선생님 저 뷰티과 가기로 했어요."

"뷰티과?"

"네. 저 모델이 될 거예요."

민호는 제천에 있는 대학 뷰티 과에 입학했다. 그 후 소식이 끊겼다. 다음 해 스승의 날 준비로 분주히 움직이고 있었다. 충주열린학교 동문회에서 떡과 카네이션을 준비했다. 행사가 시작되려는데 민호가 나타났다.

"선생님 제가 고집을 많이 부렸지요?"

"아니야. 어떻게 왔어?"

"오늘 스승의 날이라 편지 써 왔어요. 대학교에 다니며 열린학교 생각이 많이 났어요."

청소년이 쓴 편지는 처음 받아봤다.


"선생님 저 다른 과로 갈 거예요."

"어떤 과에 갈려고?"

"물리치료과로 정했어요."

"그래. 왜?"

"저처럼 다친 사람들 치료해 주고 싶어요."

민호는 담담히 말하고 있었다. 나는 코끝이 찡해졌다.

'청소년은 우리 학교와 안 맞아.'라고 생각했던 고정관념이 깨지는 순간이었다. 민호 덕으로 '학교 밖 청소년'을 위한 검정고시 수업을 10년째 하고 있다. 충주 지역에서 전문직종으로 활동하는 분들과 대학생이 멘토로 참여하여 학교 밖 청소년들에게 상담까지 해준다. 삼겹살을 먹으며 선생님 최고라고 엄지척을 해주는 아이, 군대 간다며 인사드리러 오는 친구도 있었다.

그들와 함께 했던 야유회에서 레일바이크를 탔던 일, 혼자 치킨 한 마리씩 다 먹었던 일, 윷놀이하며 함께 왁자지껄 웃었던 날들이 떠오른다. 10년 동안 많은 일이 있었다. 대학에 진학하는 성과를 냈다. 드럼 특기생이 동아대학교에 합격했다. 충주열린학교에서 공부한 학교 밖 청소년들이 고려대, 충남대, 부산외대, 교통대, 세명대 등 여러 대학에 진학을 했다.

학교 밖 청소년의 꿈을 찾는 징검다리가 되어 주는 충주열린학교. 누구에게나 열려있는 열린학교. 오늘도 꿈을 좇아 책상에 머리를 숙여 공부하는 학생들로 가득하다.

# 도전하는 자, 도전하지 않는 자

도전하는 자, 도전하지 않는 자
분명한 차이가 있다.

문해 교육 현장 20년. 2,000여 명의 학습자를 만났다. 성인 장애인, 노인, 학교 밖 청소년, 결혼이민자, 육군 부대 장병, 북한 이탈 주민까지. 구치소에서 만 9년간 재소자 대상으로 검정고시 수업도 진행했다. 배움에 대한 욕구는 다양하다. 평생 한글을 몰라 합의금을 제대로 받지 못하기도 하고, 사기를 당하기도 한다. 한글을 배워 그 한을 글로 풀어내기 원하는 분도 있다. 학력이 없는 거 들킬까 봐 늘 말없이 살아왔다. 동창회 간다고 말하는 사람이 부러웠다. 검정고시에 도전하는 분들이다. 손주가 영어를 물어봐 답답해 영어 공부에 도전하는 사람도 있다. 최근에는 스마트폰을 배우고 싶어 한다. 다양한 욕구가 있다.

50대 후반쯤 되어 보이는 여자 두 분이 손을 잡고 교무실로 들어왔다.

"공부하고 싶은데 용기가 안 나서 친구랑 같이 왔어요."

"잘 오셨어요."

"저는 남편이 초등학교 교장으로 근무 중이에요. 제가 졸업장이 없는 건 아무도 몰라요."

"여기는 다 비밀입니다. 걱정하지 마세요."

"수업만 잘 들으면 합격할 수 있어요."

"공부는 하고 싶은데 남편한테 누가 될까 봐 부담스러워요."

옆에서 상담하는 걸 지켜보던 친구가 한마디 했다.

"선생님. 수업만 잘 들으면 중학교 졸업장 딸 수 있나요?"

"그럼요. 공부하는 방법부터 다 알려드려요."

"저 입학할래요. 오늘부터 공부할 수 있지요?"

정작 공부하고 싶었던 분은 망설였다. 다음에 다시 온다는 말을 남기고 갔다. 옆에 있던 순자씨만 입학했다.

"이렇게 잘 가르쳐 주는 데가 있는 줄 알았다면 진작 공부했을 게예요."

순자씨는 하나하나 알아 가는 재미에 열심히 했다. 입학한 그해 8월에 중학교 합격. 다음 해 8월 고등학교 검정고시에 합격했다. 졸업식에 처음에 왔던 두 분이 같이 왔다. 순자씨는 학사모를 쓰고 졸업가운을 입었다.

"졸업 축하해. 부러워, 좋겠다. 너 대단해. 나도 그때 같이 공부해야 했는데……."

"너도 지금부터 공부해도 안 늦어. 도전해 볼래?"

"이제 뭐를 해. 남편 알면 큰일 나."

순자씨와 같이 오셨던 분은 아직도 후회만 하고 있다. 같은 출발선에서 도전한 자와 도전하지 않는 자는 결과가 확실히 다르다.

충주열린학교에서 검정고시에 도전하는 사람은 일 년에 평균 70명 정도다. 각기 다른 사연으로 벼르고 별러 검정고시에 도전한다. 영자어르신은 69세에 입학했다. 평생 꽃집을 운영하다 며느리에게 물려준 후, 친구의 소개로 공부를 시작했다. 열의 가득한 눈빛으로 칠판을 뚫어질 듯 바라봤다. 하루도 빠짐없이 공부했다. 초등 검정고시부터 중학, 고등과정까지 2년 걸렸다. 모두 한 번에 합격했다. 한국사능력검정시험 고급과정도 합격했다.

"교장 선생님, 감사해요. 잘 가르쳐 주셔서 이렇게 합격했어요."

"어르신이 잘하셔서 합격하신 거지요."

"공부할 수 있는 것도 고마운데 이렇게 합격까지 해서 더 기뻐요."

"대학교는 어떤 과로 가시고 싶으세요?

"한문을 좋아해서 한문을 살릴 수 있는 과로 가고 싶어요."

한국교통대학교에 진학하고 싶어 했다. 입학 사정관을 통해 상담했다. 만학도는 1명 뽑는다. 입학원서를 냈다. 떨어졌다. 검정고시 성적이 평균 6점 모자랐다. 평균 90점 넘어야 입학할 수 있다.

"혹시 다른 대학교에 갈 의향은 없으세요?"

"고등 검정고시 더 공부해서 성적 올릴게요."

"네? 시험에 또 도전하신다고요?"

"성적을 올려 한국교통대학교에 꼭 입학하고 싶어요."

검정고시 시험 제도는 한 번 합격했어도 시험을 여러 번 다시 볼 수 있다. 영자어르신은 늘 앞자리에서 열심히 공부했다. 영어와 수학 성적을 올렸다. 평균 점수도 90점이 넘었다. 그해 충북 최고령으로 합격하는 영광까지 얻었다. 향교에서 한시와 한문을 배운 경력을 살렸다. 73세에 한국교통대학교 글로벌 어문학부에 당당히 합격했다.

하루에도 몇 번씩 입학 상담을 한다. 전화만 하고 오지 않는 사람, 학교로 찾아오는 사람, 다양하다. 학교에 찾아오는 것만으로도 용기를 낸 것이다. 입학하면 반은 성공이다. 나머지 반은 출석률이다. 출석률은 합격률이다. 건강, 남편, 자녀, 사업 등 그만둘

이유가 많음에도 꾸준히 출석한 사람들은 합격했다. 끝까지 도전하는 사람들은 꿈을 이뤘다. 오늘도 충주열린학교에는 당당한 삶을 위한 행복한 도전을 함께하는 사람들로 가득하다.

# 5

# 문해 교육, 한 우물 파기

오롯이 문해 교육만 20년 했다.
문해 교원 양성 과정 강사가 됐다.

처음 문해 교육을 한다고 했을 때 많은 사람이 우려를 표했다.

"아직 한글 모르는 사람이 있어요?"

"한글 모르는 분들 다 돌아가시면 어떻게 할 거예요?"

"월급 받는 것도 아니고, 자비를 들여서까지 해야 해요?"

"미친 거 아니에요?"

지지는 못 해줄망정 말렸다. 같이 자원봉사 했던 선생님들이 한 분 두 분 떠나갔다. 그러나 나는 묵묵히 자리를 지켰다. 10년 동안 누가 알아주든 알아주지 않든 신명나게 수업했다. 늦깎이 학습자에게 도움이 된다면 벤치마킹을 갔다 와서라도 프로그램을 기획하고 개설했다. 오전 8시 30분 출근한다. 오전에는 한글

반, 검정고시반, 영어 수업. 오후는 컴퓨터반, 중학 학력 인정, 청소년 검정고시반 수업이 진행된다. 오후 6시 30분에 검정고시 야간반과 컴퓨터반 수업이 있다. 오전부터 온종일 다람쥐 쳇바퀴 돌 듯 수업이 돌아간다. 학생들만 보고 달렸다.

"선생님. 잘 계셨죠?"

"네, 교장 선생님. 안양도 평안하죠?"

"그럼요. 요즘도 바빠요?"

"맨날 그렇지요. 뭐."

"국가평생교육진흥원에서 주관하는 성인 문해 교과서 중학 과정이 있어요. 이번에 수학 교재 집필진을 구성하는데 선생님 생각나서 전화했어요."

"아, 감사합니다. 수학 전공자가 아닌데도 괜찮을까요?"

"문해 현장에서 오랫동안 수학 수업하셨잖아요. 교재도 만들어 쓰신다면서요?"

"네. 우리 학교 중고등학교 수학 교재 제가 만들었어요."

"그럼 충분해요."

안양시민대학 최유경 교장 선생님의 추천으로 수학 교재 집필진으로 참여했다. 10년간 한 우물을 판 결과이다. 난 문해 교육 전문가가 됐다.

대구교육청 이경채 교무부장님의 전화가 왔다.

"교장 선생님. 잘 지내시재? 우리 교육청 초등문해 교원 역량 강화 연수가 있는데, 다음 달 둘째 주 월요일 날 시간 되시재?"

"문해 교원 연수요? 시간은 되는데 제가 할 수 있을까요?"

"교장 선생님이 안 하면 누가 하노? 우리 선생님들 연수 잘 부탁드립니다."

"제가 열심히 준비해서 갈게요."

"그날 보입시데이."


아이 낳고 약물치료를 시작한 시점이다. 얼굴이 퉁퉁 부었다. 옷장을 뒤지니 마땅히 입을 옷이 없다.

"언니, 내 옷 입어 볼래요?"

시누이가 빨간 정장을 권한다. 나는 검은색 계열을 즐겨 입었다. 빨간 정장을 입는 것도 도전이다. 문해 교원 역량 강화 강사로서는 것도 도전이다. 용기가 필요하다. 주춤하며 옷을 입었다. 생각보다 잘 어울린다. 빨간 정장을 입기로 했다. 강의 준비를 한다. 책상 위에 문해 교육 관련 서적 10권이 쌓였다. 마음이 급해져 글씨가 잘 보이지 않는다.


기대 반 설렘 반 아침 일찍 일어났다. 첫차를 타고 북대구 시외

버스 터미널에 도착했다. 긴장한 탓에 밥이 넘어가질 않는다. 점심은 거르기로 했다. 일찍 강의장에 도착했다.

"선생님 왜 이리 부었나, 몰라봤데이."

"약물치료 중인데, 부작용이에요."

"괜찮은 겨? 강의할 수 있는 겨?"

"걱정해 주셔서 감사한 데, 강의 잘할게요."

강의장으로 들어갔다. 가슴이 쿵쾅쿵쾅 뛰었다. 인사를 했다. 50대부터 60대 후반의 다양한 연령층 선생님이 계셨다. 식은땀이 흐르기 시작했다. 떨리는 목소리로 '문해 학습자 이해'라는 주제로 문을 열었다. 1시간 30분 강의를 무사히 마쳤다. 훤칠한 키에 시원시원한 성격의 이경채 선생님은 긴장한 나를 꼭 안아주었다.

"건강 잘 챙기이소. 건강이 중요하데이."

"네. 선생님"

"통화하입시데이."

짧은 인사를 하고 택시를 탔다. 터미널에 도착했다. 롯데리아가 눈에 들어온다. 햄버거를 샀다. 안도의 한숨을 내쉬며 햄버거를 먹었다. 내 첫 강의는 대구교육청 문해 교원 연수 과정으로 연 것이다. 그 후로 대구 평생 교육진흥원과 부산 평생 교육진흥원, 충남교육청, 공주시, 단양군 등에서 강의하게 되었다. 첫 강의가 없었다면 다음 강의도 없었을 것이다.

며칠 전 대구 평생 교육진흥원 초등문해 교원 양성 과정 멘토로 참여했다. 예비 문해 교원에게 자신감을 심어달라는 요청을 받았다. 맺음말을 한다.

"20년간 공부하며 꾸준히 문해 교육을 했기에 이 자리에 설 수 있었습니다."

선생님들이 쳐다봤다.

"3년 뒤에 제가 여기 계신 선생님이 하시는 맺음말을 들을 수 있는 영광이 있기를 바랍니다. 이 자리에 설 선생님 계신가요?"

"네. 제가 서겠습니다."

박수와 함성이 들렸다.


문해 교원 강사가 됐다.

약한 체력은 늘 꼬리표처럼 따라다녔다. 내 이름을 아는 사람도 없었다. 10년 지나니 서서히 나를 찾기 시작했다. 문해 교원 강의, 심사위원, 컨설팅위원, 교재 집필까지 다양한 활동을 한다. 문해 교육 연구와 공부를 20년간 했기에 나타난 결과다.

## **6**

# 코로나19는 성장의 기회다

나는 코로나19 바이러스를 기회로
자기 계발의 시간을 가졌다.


2020년 2월 코로나19가 유행했다. 문해 교육 현장도 살얼음판이다. 나는 충주열린학교 교장이다. 학교 문이 닫혔다. 막막했다. 평균연령 80대. 면역력 약한 늦깎이 학습자들을 위해 무기한 휴강에 들어갔다. 교무회의를 했다. 나는 위기를 기회로 삼아 역량 강화하는 시간이 되기를 바랐다. 선생님들은 바이러스가 부담스럽다며 일단 쉬기를 원했다. 당혹스러웠다. 나와 남편만 출근하는 것으로 결론 내렸다. 교실 문이 닫혀있다. 텅 빈 교실에 들어가 의자에 앉았다. 복순어르신이 앉았던 의자, 순자어르신이 공부했던 책상. 고개가 숙여졌다. 금방이라도 문을 열고 들어와 '선생님 안녕하세요?'라고 인사할 것만 같다.

서점으로 달려갔다. 이지성 작가의 《에이트》를 샀다. 바쁘다는 핑계, 힘들다는 핑계로 접어두었던 책을 펼쳤다. 무작정 읽었다. 인공지능에 가장 먼저 대체되는 직업들에 교사가 있다. 충격이었다. 현실에 안주하며 살고 있었다. 지금 준비하지 않으면 오늘은 있으나 내일은 없다. 충주열린학교도 없다. 인공지능에 대체되지 않는 나를 만들자고 다짐했다.

서점에 또 갔다. 김미경 작가의 《리부트》가 눈에 들어왔다. 새로운 환경에 적응하기 위해 리부트가 필요했다. 배우고 적용해 가는 것이 새 시대에 적응하는 지름길이다. 해답을 찾을 수 있을 것이다. 책을 읽으며 불안했던 마음이 조금씩 안정을 찾아갔다.

학교에 같이 근무하는 남편과 시누이를 불렀다.

"우리 외국인 한글 가르쳐 주는 한국어 교원 자격증, 같이 공부해요."

"언니. 저 평생 교육사 자격증 딴 지 삼 개월도 안 지났어요. 사회복지사, 청소년 지도사, 평생 교육사까지 6년 동안 공부했는데 또 하라고요?"

"당신도 대학원 끝난 지 얼마 안 됐는데 뭘 또 공부하려고 그래요. 할 거면 혼자 해요."

남편, 시누이 둘 다 손사래를 쳤다.

"이지성 작가의 《에이트》책 읽어 보니까 이러고 있을 때가 아니에요. 교사가 가장 먼저 인공지능으로 대체 된대요. 한국어 교원 배우고 싶었던 거였잖아요. 이렇게 시간상으로 여유 있을 때 공부해요."

"몇 과목이에요?"

"열다섯 과목밖에 안 돼요."

"셋이 같이하면 쉽게 할 수 있어요."

"그래. 해봅시다."

곧바로 EK티처에 상담했다. 등록했다. 1학기에 다섯 과목을 들었다. 공부에도 성향이 있다. 시누이는 항상 똑소리 나게 했다. 나는 뭘 해도 빨리했다. 남편은 상세하게 했다. 리포트를 쓰며 상의할 수 있어 좋았다. 같은 공부를 하니 공감대 형성도 잘 됐다. 시험 볼 때면 전쟁이다. 서로 높은 점수 받으려고 열심히 공부했다. 토론에, 중간, 기말시험을 치렀다. 그러는 사이 계절은 봄에서 겨울로 바뀌었다.

160시간 실습을 해야 한다. 실습에는 교안작성과 발표가 있다. 비대면으로 서른 명이 실습을 신청했다.

"언니, 다시는 나한테 공부하라고 하지 말아요."

"성적도 잘 나오면서 왜 그래요."

"실습이 이렇게 힘든지 알았으면 아예 도전도 안 했을 것예요. 시연강의 어떻게 해요. 교수님과 학생들까지 서른 명 앞에서 발표해야 하잖아요. 언니가 책임져요."

"매도 먼저 맞는 게 났다고 제가 먼저 발표할게요. 당신은 몇 번째 할래요?"

"당신 먼저 하고, 동생하고, 나는 마지막에 할게요."

15분간 발표해야 한다. 시연강의를 준비하다 교통사고가 났다. 서울에서 집으로 오는 길이었다. 입원했다. 입원해서도 공부는 계속했다.

"병원에서 무슨 공부를 해요? 푹 쉬지."

"제가 시연강의를 해야 해요. 죄송하지만 공부하게 불 좀 켤게요."

서른 명 중 두 번째로 발표한다. 줌으로 수업한다. 실습생 다섯 명이 학생 역할을 한다. 각자의 이름을 정했다. 도입을 날씨 이야기로 했다. 판서까지 했다. 의미제시에서 퀴즈를 냈다. 수업 분위기는 화기애애했다. 끝났다. 교수님께 날카로운 피드백을 들었다.

"도입과 판서는 잘했어요. 외국인이 처음 배우는데 바로 퀴즈를 내면 어떡해요. 의미제시는 다시 공부하세요."

성적이 어떻게 나올지 궁금했다. A를 받았다. 실습일지, 시연 힘들었지만 뿌듯했다.

3학기 차 다섯 과목도 수강을 마쳤다. 한국어 교원 2급 자격증을 취득했다. 자기 계발의 해로 선포하고 공부한 결과다.

2021년 평생 교육사 1급 승급 과정 공고가 났다. 몇 년 전부터 신청할까 말까 고민했던 과정이다. 매주 금, 토요일마다 석 달 동안 100시간 교육이다. 코로나 19 이전에는 대면 수업이었다. 작년에 비대면 수업으로 전환됐다. 기회다. 신청서를 작성했다. 지난 20년간 문해 교육현장에서의 삶을 돌아보는 계기가 됐다. 40명 정원이다. 160명이 넘게 지원했다. 4:1의 경쟁률이다. 1급 서류에 합격했다는 메일을 받았다. 기뻤다. 시나 군에서 평생 교육사로 재직 중인 사람이 대부분이었다. 민간단체에서 지원해 합격한 사람은 두 명이었다. 그중에 한 명이 나다.

관계기관을 방문하여 리포트를 작성하는 과제가 있다. 나는 35년 역사 대구글사랑학교를 방문했다. 1:1 상담제 수업을 중점으로 배웠다. 평생 교육사들과 네트워크가 저절로 됐다.

강의 마지막 날 서울에 모였다. 시험을 봤다. 종강식을 했다. 한 달 뒤 합격 통지서를 받았다. 드디어 평생 교육사 1급 자격을 취득했다.

자기 계발의 해로 선포하고 자격증과 책 읽기에 전념했다. 요즘 책 읽는 재미가 쏠쏠하다. 글을 읽고 한 줄 쓰기를 한다. 나에게 적용하여 내 어록을 만든다. 블로그에 쓰고 공유한다. 책을 다 읽으면 서평을 쓴다. 서평을 쓰며 내게 적용할 문장 세 가지를 꼽는다. 어떤 문장을 뽑을까 행복한 고민에 빠진다.

학교 문이 닫혔을 때 처음엔 고통의 시간이었다. 새벽 독서를 했다. 자격증에 도전했다. 감사 일기를 쓴다. 블로그에 공유한다. 3년이 흘렀다. 고통의 시간이라고 생각했는데 지나고 보니 행복의 시간이었다. 성장하는 시간이었다. 나는 위기를 기회로 삼았다. 어떤 위기도 나에게 오면 기회가 된다. 오늘도 나는 위기를 기다린다.

# 7

## 장애 이해 강사

장애 아이를 키우는 엄마에서 장애 이해 강사가 됐다.
나는 행복이의 이야기를 당당히 말할 수 있는 장애 이해 강사다.


행복이는 임신 8개월만에 다운증후군으로 태어났다. 인큐베이터에서 두 달을 보냈다. 선천성 거대결장 진단을 받아 수술했다. 장루를 달고 3개월 살았다. 2차 복원 수술도 했다. 살짝 방귀를 뀌어도 기저귀에 똥을 지렸다. 걷기까지 28개월이 걸렸다. 조금 느린 행복이를 키우며 장애에 대한 이해가 필요했다.

다운증후군 부모들이 모인 천사 맘 카페에 등록했다. 언어치료는 몇 개월에 어디서 받아야 하는지, 장애 등록을 어떻게 해야 하는지, 어린이집, 유치원, 초등학교 등등 많은 궁금증을 주고받았다. 우리끼리 나누는 것으로는 한계가 있었다.

학교형태의 장애인 평생교육시설 '다사리 학교'에서 주관하는 교육 정보를 들었다. 충주에서 열리는 강좌다. 남편과 같이 신청했다. 장애 부모로서 장애에 대한 이해와 책임감이 필요했다. 차이와 차별, 장애인 인권 등의 교육을 들었다. 나는 행복이를 잘 키우고 있다고 생각했다. 그러나 공부하면 할수록 부족함을 느꼈다. 장애 이해 교육은 한 두 번으로 끝나는 것이 번이 아니라, 꾸준히 들어야 한다. 아니, 어쩌면 평생교육으로 이어져야 하지 않을까 생각해 본다.

장애 이해 교육을 지속해서 듣다 보니 국립특수교육원에서 찾아가는 장애 이해 강사 요청이 들어왔다. 망설였다. 아직 장애에 대해 말할 마음의 준비가 안 됐다. 장애 이해 강사는 주로 장애인 당사자와 장애 부모들이 많이 한다. 용기를 냈다. 찾아가는 장애 이해 교실은 학교로 찾아가 강의하는 것이다. 2시간으로 이론과 장애 체험 실습으로 구성된다. 장애 이해에 관한 책을 펼쳤다. 사례 부분을 중심으로 읽었다. PPT로 강의안을 만들었다. 남편 앞에서 강의시연을 한다. 시간 체크도 했다.

2019년 봄. 첫 '찾아가는 장애 이해 교실' 강의를 하러 초등학교에 방문했다. 충주 외곽에 있는 학교다.

특수 선생님의 안내를 받아 새솔반(도움반)으로 갔다. 차를 마시며 ADHD로 힘들어하는 학생의 특성을 설명해 주셨다. 통합 학급에서 어려웠던 얘기를 들었다. 학급에 있는 아이들이 강의를 통해 서로를 이해하는 시간이 되기를 원했다. 강의할 4학년 교실로 들어갔다. 컴퓨터에서 강의 자료를 켰다. 학생들의 시선이 강하게 느껴졌다.

"안녕하세요. 국립특수교육원 찾아가는 장애 이해 교실 강사 정진숙입니다."

박수로 화답해 주었다. 호기심 가득한 눈빛이 좋았다. 소개와 함께 다른 그림 찾기로 문을 열었다.

"우와, 틀린 그림 찾기다."

"틀린 그림이 아니라 다른 그림 찾기예요. 틀리다는 것과 다르다는 차이가 뭘까요?"

"둘 다 똑같은 말 아니에요?"

"정답이 있을 때 맞다, 틀린다고 할 때 쓰는 것이 틀리다 에요. 다르다는 말은 나와 다를 때 쓰는 거예요. 나와 생각이 다를 때 사용해요. 장애도 마찬가지예요."

"장애인하고 우리는 틀리잖아요."

"짝꿍이랑 키가 똑같은 사람 손들어 보세요. 키가 다르지요? 환경과 영양에 따라 달라요. 키가 다르다고 해서 틀렸다고 말하지 않듯이, 장애는 틀린 게 아니라 다른 거예요."

교안에도 없던 내용으로 강의가 흘러갔다. 아이들은 적극적으로 수업에 참여했다. O, ×퀴즈를 냈다. 장애인 화장실은 장애인만 사용할 수 있다. 대부분 O를 들었다. 정답은 × 이었다. 두 명이 맞췄다. 양손을 위아래로 흔들며 좋아했다. 차이와 차별, 평등과 형평을 중점으로 1교시를 마무리했다. 2교시는 장애 체험이다. 시각장애인이 쓰는 안경, 지팡이로 시각장애 체험을 했다. 아이들은 안경에 호기심을 보였다. 안 보이는 것이 이렇게 불편한 것인지 처음 알았다며 자기 생각을 서로 말했다.

6학년 교실로 이동했다. 교실 문을 열었다. 교실이 꽉 찬 느낌이었다. 솔미가 갑자기 손을 들고 질문한다.

"선생님. 우리 반 미송이는 맨날 저를 때려요."

"뭐라고요?"

"미송이가 때려요."

"뭐라고요?"

"미송이가 때린다고요."

"지금 제가 뭐라고요? 라고 두 번 다시 물어봤죠. 기분이 어때요?"

"저를 놀리는 것 같고, 기분 나빠요."

"맞아요. 미송이도 그래요. 싫다고 하는데 계속 시키고, 자꾸 물어보면 화나요. 화낼 때 표현하는 방법을 몰라 미송이는 손이 먼저 나가는 거예요."

"그럼 어떻게 해야 해요."

"미송이가 이해할 때까지 기다려 줘야 해요. 우리 6학년 2반 친구들, 앞으로 미송이 기다려 줄 수 있을까요?"

장애를 이해한다는 것은 뭘까 고민했다. 다른 사람의 사례가 아닌 내 사례가 필요했다. 행복이의 장애를 터놓고 말하기까지 4년 걸렸다.

제천 초등학교에서 특별 강의 요청이 들어왔다. 용기를 냈다. 행복이만 생각하면 눈물부터 흘리던 내가 행복이의 이야기를 강의에 당당히 적용했다. 행복이가 인큐베이터에 있는 모습, 환자복을 입고 링거를 꽂고 누워있는 사진, 밥상에 앉아 있는 모습. 하나하나 설명했다. 행복이가 처음 기었을 때 모습도 동영상으로 보여줬다. 전혀 눈물이 나지 않았다. 셋이 같이 찍은 가족사진을 띄웠다.

"선생님 딸이었어요? 와, 귀엽다. 우리 반으로 전학 왔으면 좋겠어요."

의외로 친구들의 반응은 뜨거웠다.

장애는 선천적 원인은 13.3%, 후천적 요인 73.3%다. 선천성 장애가 아니더라도 우리 모두 예비 장애인이다. 찾아가는 장애 이해 교육은 장애인과 비장애인 모두에게 꼭 필요한 교육이다. 사명감을 가지고 오늘도 강의한다.

장애 아이의 삶을 지켜보고 장애 부모의 삶을 경험했다. 장애 아이를 키우는 엄마에서 당당한 장애 이해 강사가 되었다.

# 나는 지금도 충주열린학교 교장이다

나의 삶을 돌아보니
충주열린학교와 같이 성장했다.


"선생님 한글 공부하고 싶어요. 휠체어를 타고 갈 수 있는 학교
가 없어요."

그 말 한마디에 나는 20년을 달려왔다.


서른에 교장이 됐다. 문해 학교 중 전국 최연소 교장이다.

칠순에 검정고시 공부하는 모습을 보면 도전하는 자체가 고마
웠다. 학습자들이 부탁하면 어떤 것이든 들어주고 싶었다. 그게
사랑이라 생각했다.

"교장 선생님. 오전 9시 30분 수업은 너무 빨라요. 새벽에 농약
치고 밥 먹고 부지런히 오면 10시예요. 10시로 수업 바꿔주시면

안 돼요?"

"자원봉사 선생님들 시간이 맞아야 하는데, 확인해 보고 바꿀 수 있으면 바꿔 볼게요."

나는 학습자 한 분, 한 분의 의견에 귀 기울였다.

"학습자가 원하는 대로 다 들어주는 게 사랑이 아니에요. 사랑은 냉정해야 해요. 아닌 건 아니라고 말하는 게 사랑이에요. 기준 없이 들어주다 보면 다른 학습자들이 피해를 봐요."

지혜롭고 경험이 많은 실장님이 곤란해하는 나에게 진심으로 조언해 주었다. 기준이 필요했다. 충주열린학교만의 기준을 하나하나 만들어 갔다. 기준이 생기니 우리 학교의 원칙과 다르면 '아니요.'라고 말할 수 있는 내공이 생겼다.

검정고시 시험에 떨어진 분들을 보면 속상하다. 어떻게 하면 합격률을 높일 수 있을까 고민했다. 시중에 판매되는 교재는 어렵고 글씨가 작다. 성인 학습자용 교재가 필요했다. 우리 학교에 재학 중인 학생들 눈높이에 맞는 교재를 직접 만들기로 했다. 기출문제 유형을 파악했다. 유형별로 모으고 쉬운 문제부터 난이도 있는 문제까지 수준별로 나눴다. 중학과정 집합 부분을 본보기로 만들었다. 수업에 사용했다. 학생들의 반응이 좋았다. 매일 교재를 만들었다. 2개월 만에 중학과정 수학 교재를 완성했다. 우리 학교만의 성인 학습자용 수학 교재가 탄생했다.

"교장 선생님. 수학처럼 쉽고 큰 글씨로 된 다른 과목은 없어요?"

"제가 수학은 만들 수 있는데 다른 과목은 잘 몰라요."

"수학책처럼 만들어 주세요."

다른 과목도 교재를 만들 필요성을 느꼈다. 남편한테 과학, 영어 교재 집필을 부탁했다. 시누이는 사회, 체육, 한국사를 공부하고 교재까지 만들게 했다. 전 과목을 성인용 큰 글씨 교재로 만들었다. 학습자 관리, 수업 관리를 병행하고 직접 만든 교재까지 사용하여 합격률을 30%에서 90% 이상으로 끌어올렸다. 10년 연속 충북 최다 합격, 최고 합격률을 자랑하는 충주열린학교가 되었다.

충주열린학교는 집으로 찾아가는 교육으로 시작했다. 함께 모여 공부할 공간이 필요했다. 첫 학교는 10평 임대 아파트에서 열었다. 15평, 30평, 100평으로 확장했다. 연탄불 하나에 의존했던 교실이 지금은 냉, 난방기까지 설치되어 있다. 시각적 수업을 위해 빔프로젝터도 설치했다. 딱딱한 의자에서 푹신한 의자로 바꿨다. 학습 환경을 쾌적하게 바꾸고 있다.

100평으로 이전하면서 학교가 두 개로 분리됐다. 성인과 청소년, 다문화 학습자는 비영리민간단체인 충주열린학교에서 공부한다. 2013년 충청북도 최초로 초등 학력 인정기관으로 지정됐다. 3년을 다니면 정식 졸업장을 받는다. 장애인들은 학교형태의 장애인 평생교육시설인 평생열린학교로 구분됐다. 충주에서 유일한 기관으로 교육청에 등록됐다. 오늘도 충주열린학교에는 당당한 삶을 위해 도전하는 사람들의 시끌벅적한 소리로 가득하다.

평균연령 70대에 한글, 검정고시에 도전하는 분들을 보면 오늘도 나는 동기 부여를 받는다. 틈새 독서를 한다. 글을 쓴다. 미래 교육 협치 위원으로 회의에 참석한다.

끊임없이 공부했다. 2005년 사회복지과에 입학했다. 야간에 공부했다. 보육교사와 요양보호사 자격증도 취득했다. ITQ 강사 자격증도 땄다. 수업하면서 평생교육에 관심이 생겼다. 평생 교육사도 공부했다. 성인 학습자를 위한 학력 인정 제도가 생겼다. 문해 교원 자격이 있어야 수업할 수 있다. 2018년 첫 양성 과정이 생겼다. 서울에 모여 연수를 받았다. 그 후 문해 교원 양성 과정 강사가 되었다. 한국교통대학교 교육대학원 교육 경영 및 평생교육과를 졸업했다. 나의 도전은 계속됐다. 한국어 교원 자격증에 평생 교육사 1급까지 취득했다.

충주열린학교 19년. 문해 교육 21년. 교재 제작 18년. 충주열린학교 교장 19년. 공부하고 노력한 시간 오늘도 충주열린학교 교무실로 출근한다. 난 충주열린학교 교장이다.

# 마치는 글

희귀 난치병인 루푸스를 진단받고 25년째 살고 있다. 우연히 본 "자원봉사 모집"이라는 광고는 자원봉사의 삶을 살 수 있도록 나를 이끌었다. 봉사를 통해 암흑 같은 우울증에서 헤어 나오게 되었다.

충주열린학교를 개교했다. 누구에게나 배움이 열려있는 학교다. 그 사명으로 오늘까지 왔다.

충주열린학교를 운영하면서 나도 성장했다.
첫째, 가르치기 위해 공부하고 도전했다.
검정고시와 한글을 공부하는 분들을 위해 나도 공부가 필요했다. 처음 공부는 사회복지사였다. 보육교사와 요양보호사까지 함께 공부했다. 입학 상담할 때 도움이 되었다. 문해 교육에 학력 인정 과정이 생겼다. 초등 문해 교원 연수를 첫 해에 서울에서 받았다. 중학과정도 받았다. 어르신들의 공부에 대한 욕구는 늘어갔다. 프로그램을 개발하고 싶어졌다. 평생 교육사를 공부했다. 5년

경력이 있어야 취득할 수 있는 평생 교육사 1급도 받았다. 다문화 학생들을 위해 한국어 교원 자격증을 공부했다. 평생학습 타임즈 기자로 활동한다. 책을 읽기 위해 일어나는 시간을 점점 앞으로 당겼다. 건강을 위해 일주일에 두 번 운동한다. 몇 달 전 오카리나를 배우기 시작했다. 징글벨은 악보를 보지 않고도 연주할 수 있게 되었다. 오늘도 나는 도전하는 삶을 이어가고 있다.

둘째, 어려움이 있을 때 사람을 통해 문제가 해결되었다.

학생들이 컴퓨터를 배우고 싶어 할 때 성훈 선생님은 정성을 다해 가르쳤다. 연탄난로 하나로 겨울을 날 때 한화 그룹에서 난방기를 후원해 주었다. 이사할 때 충주구치소 직원들과 유병택 선생님 등 자원봉사 선생님들이 손수 집기류를 5층까지 날라주었다. 보증금이 없어 힘들어할 때는 박상윤 자원봉사 선생님이 아무 조건 없이 빌려주었다. 장애인이 편하게 쓸 수 있는 화장실을 삼우건설 오주연 회장님이 해주었다. 교실 칸막이 공사까지 무료로 해주었다. 영어를 배우고 싶어 하는 어르신을 위해 성민

한의원 박용호 원장님이 수업해 주었다. 치매 예방을 위해 100년 평생교육원 최형숙 대표님이 웰다잉 특강과 연극의 세계를 열어 주었다. 학생들 공부하는 데 필요한 책상과 의자를 기증해 준 분, 교실이 어두워 불편해하는 것을 빛투조명 민갑기 대표님이 LED 전등 40개를 전부 교체해 주었다. 스마트 TV로 화면을 밝게 볼 수 있도록 연세 안과 최현준 원장님이 지원해 주었다. MOU를 맺어 도와준 단체들도 많다. 보이스피싱 예방 교육이 필요할 때 금융감독원 충주지원에서 교육해 주었다. 한국교통대학교 원우회에서 후원과 평생 교육 협력을 해주고 있다. 그 외에도 많은 단체의 도움으로 어려움을 극복했다.

나는 인복이 많다는 말을 자주 듣는다. 나도 도움을 주는 사람이 되려고 노력하고 있다.


셋째, 가족의 지지와 응원을 받았다.

희귀 난치병인 루푸스를 앓고 있는 나는 체력이 급격히 떨어진다. 남편은 바쁘게 움직이는 나를 걱정한다.

"오늘은 그만하고 쉬어요. 나머지는 내가 할게요."

남편은 늘 세심하게 배려해 준다. 행복이는 우리 가정에 하나님이 보내준 선물이다. 우리 가족은 어디를 가든지 함께 다닌다. 가정을 우선으로 하려고 노력 중이다.


나는 충주열린학교에 출근하는 것이 좋다. 2021년부터 중학과정부터 공부하여 고등 검정고시에 합격하고 2022년 9월에 졸업한 제자에게 전화가 왔다.

"교장 선생님. 새해 복 많이 받으세요."

"어머, 잘 지내시지요? 올해는 더 행복한 한 해 되세요."

"저 축하해주세요. 어린이 급식관리 지원센터에 취직했어요."

"와, 축하드려요. 대단하세요."

"고등학교 졸업장 덕에 도전할 용기도 생기고, 합격까지 했어요. 준공무원처럼 대우도 좋아요."

"우리 학교의 자랑이에요."

강원도 정선에서 두 시간을 달려와 공부하는 학생이 있다. 왕복 네 시간이다. 눈이 펑펑 쏟아지는 날도 어김없이 와서 공부했다. 결단하고 시간을 내어 공부하는 분들을 위해 특강을 준비했다. 나는 어디서나 학생들이 우선이다. 늦깎이 학습자들이 있기에 나는 늘 도전했다. 책을 읽고 공부를 한다. 글을 쓴다. 블로그로 소통한다. 이 글을 통해 건강이나, 사업 등 어려움을 만난 사람들에게 희귀 난치병을 앓고 있음에도 불구하고 여기까지 살아 냈다고, 당신도 할 수 있다고 말하고 싶다. 아픔은 고통이 아니라 나 자신에게 집중하는 시간이었다. 도망치지 말고 도전하기를 바라는 마음으로 책을 쓴다. 오늘도 당당한 삶을 위해 행복한 도전은 계속된다.

2023년 8월

정진숙